声音

阮庆岳 著

东方出版中心

图书在版编目(CIP)数据

声音/阮庆岳著.—上海：东方出版中心，
2018.6
ISBN 978-7-5473-1287-2

Ⅰ.①声… Ⅱ.①阮… Ⅲ.①随笔-作品集-中国-
当代 Ⅳ.①I267.1

中国版本图书馆 CIP 数据核字(2018)第 089091 号

上海市版权局著作权合同登记：图字 09-2018-445 号

本著作物经厦门墨客知识产权代理有限公司代理，由联
合文学出版社股份有限公司独家授权东方出版中心有
限公司在中国大陆独家出版、发行中文简体字版本。

声音

出版发行：东方出版中心
地　　址：上海市仙霞路 345 号
电　　话：(021)62417400
邮政编码：200336
经　　销：全国新华书店
印　　刷：杭州日报报业集团盛元印务有限公司
开　　本：890×1240 毫米　1/32
字　　数：163 千字
印　　张：8
版　　次：2018 年 6 月第 1 版第 1 次印刷
ISBN 978-7-5473-1287-2
定　　价：35.00 元

东方出版中心邮购部　电话：(021)52069798

那幽微的与那必远扬的（自序）

我对声音的幼时记忆，经常与我对疾病的记忆连在一起。

最鲜明的印象是病着的日子。一人独躺偌大榻榻米床上，听晨起一切喧喧嚣嚣。兄姐们吵闹着预备上学去，父亲也穿衣打领带要上班，早食的小菜贩子在楼下摇着叮叮的铃，母亲喀哒喀哒奔下楼梯，一屋子吆喝吃穿声交错不绝。

终于——离去，寂静下来。

然后，母亲会再入房来探看我，告诉我她要出去买菜了："一会儿马上就回来。"又说："不要急，要乖乖躺着，我会买红豆米糕给你吃，可是，绝绝对对不可以跟他们说喔！"我知道她所说的"他们"，就是一样欲想着红豆米糕的兄姐们。是的，母亲，我当然不会说的，我无意炫耀，也根本不会急，我不是那种人，我是到长大后，才显出急切模样的。

母亲出门之后，洗衣妇人悄悄在廊外磨石子洗台上，手洗起我们的衣服，水声哗啦啦。妇人有时低低哼着客家歌，有时晴日般大声与某妇人隔墙开心聊天，完全不知觉我的存在。那时，只有客家话语和无名歌曲，轻微地飘摇在空气中。

那是我与寂静以及因之而生的声音，安然独处的时光。这样的一切是那么美好，让我甚至恍惚觉得，病者本是最幸福的人了。

生病的记忆与声音特别相联系。上小学时染了重病，被从南方的小镇，送到邻近的城市，入住诊所医师的家。他们让我独睡二楼的榻榻米房间，整日皆我一人，父母在周末来看我。那时我太虚弱，连起身窗台的气力都无，就以耳朵捕捉不断穿梭来去的街景，譬如上下学时欢乐的儿童、卖吃食的小贩、偶然相互争执对语的路人，以声音涂抹想象。

在美国念书时，也大病一场。那时省钱没有买医疗保险，就回宿处锁门关窗，禁食躺卧，自我修护，只留几灯一座，喝水读些书，安静听着世界流转过去。一切既近也远，不能喜也不能悲。约三日后，再起身，病好了一半。

这样与声音的关系，伴随我颠颠仆仆的健康状态，大约到了三十岁才作了改变。也就是说三十岁之后，虽然我的身子看来依旧不强健，却也奇怪，竟然不常生病了（母亲心怀感激地说那是菩萨对她私下的承诺）。但我一直没有忘记那恍如单弦反复的声音，既幽微温柔绕身又是无情瞬间远扬。

倥倥偬偬，唯有病者才得聆听。

因之特别怀念，并思索着：难道是因为离了病者的状态，也同时失去聆听世界的幽微位置了吗？难道强者不能见，也不能闻吗？如今我有时也不免回顾纳闷着：或其实是我的身体根本就明白，那样因病而得眷顾的时光已逝，所以不得不健康起来吗？而且，虽知成为蒙人眷爱的强者，是没有聆听的权力，依然只能任其远去吗？

所以，久久没有再听得那声音了。以为与自己的生涯苗长有关，或是与后来大半生命所度过的台北以及他城历练有关，所听见的声音越是匆匆短促，可听见的事务也越发局限尖锐，如强鼓砰砰耳畔，无法略去。当时，并不能自知这样的声音，究竟是好是坏，只害怕听不到所有他者都听闻的声音，如逐波翻涌的浪，一刻不能自松弛。

中年时，一次交换艺术家到洪都拉斯去，在偏远穷困某山村居住两月余，因语言关系无人得说舌，竟像哑者般地度着日子。如今回想，许多声音影像流转如灯，又而难忘。回到台北，毅然结束已十年的建筑师事务所，像决定闭上那滔滔不能自绝的嘴巴，希望重启闭塞已久耳朵的聆听能力。

这样一晃，也已十多年，这没时间，我一直穴隐般地住在台北山边的东湖。先是，开始听到隔街山丘众鸟啁啁啾啾，欣喜让我悠悠醒来，躺卧床上听那些高低长短的啼音，仿佛各自的喧嚣里，又隐着什么神秘讯息的既和谐又完整。多么神奇啊！究竟是什么力量，能让各异的鸟全然鸣唱，又相互共鸣融为一体？

日后，我逐渐发觉这种众音齐鸣、和谐又同调的现象，其实在我日日的生活里，并不少见。譬如此刻，我凝望窗外，阳光意外明亮饱满，风悠悠吹拂，阵阵喧哗扰动满布我阳台的长春藤叶片，稀里哗啦；百叶窗的杆子一摇一晃轻云着窗框，发出细微咚咚咚的声响，远后方阳台浴缸旁的风铃，悠悠扬扬同声回应；眼前有几棵大王椰子，随风婆娑韵律摆动，缓慢低沉发出沙沙沙的声音，饱满的阳光低音吟哦，无声却有力。然后，急急飞过的鸟，鸣叫穿划过这一切，奔向那未明的远方。

鸟也会停落下来，完全没有注意我存在，几只远立在阁楼屋顶，优雅修整自己的羽毛，自在怡然抬头四望，朝天际鸣叫几下，振起翅膀又飞去。这些鸟我都不能识得，有的华丽，有的朴素，有的硕大，有的小巧，来来去去，穿梭不停。我不觉得我必须知道它们是什么鸟，因为它们恐怕也不会在乎我的名称为何。

夜里的声音也很神奇。当一切都暗去时，声音的精灵便活起来了。因为声音本是不爱被看见，声音并不依赖视觉而存在。我常睁着无用的眼睛，躺在我半层阁楼的床上，自在驰飞作冥想，敏感的耳朵不时接收到细微声响，与我的思绪相应合。有时我难分辨，是这些神秘隐身的细微声响，召唤、引领我内在的思维走向吗？或者，其实根本是思维，在我生命的现实路径里，不断为我敲击出各样乐音来的呢？

最难忘夜里的声音，是九二一大地震那夜。醒来意识到这事实时，我先拨了电话给那时独居的母亲，她住在城市的另一端。母亲说："我也正要给你打电话呢！"然后絮絮叨念着注意的事情，譬如烛火的安全，食物有无短缺，用水一定要储存……那时候，我同时听见街路上，人声哗哗的喧扰，有人携全家驰车远去，发出尖锐急切的声响；有人成群移到巷口的公园，显得不安也焦躁。然而，那时刻天地却沉寂，无声也未明。

我也喜欢轻轨的声音。有一次，我坐在一个咖啡店，看见与我等高的车厢，眼前悠悠跑过，发出微微韵律般的震动。那是一种介于声响与震动间的波长，像是在母亲怀里晃动入睡的节奏，也像是情人相拥黏腻的波涛韵律，让我悠悠神往。是城市的声音，人的真实生活所发出来的声音，像是远处的夜市喧嚣余音，某家夜里突然啼号的孩子，周日下午传来谁家快乐的卡拉OK，既真实又遥远，温暖也清凛！

于我，声音在记忆及我内在心灵间，有着神秘难明的联结。比诸影像，声音似乎更能让我泫然泪下。我想，应该是因为声音可以穿越一些壁垒，得以入到被闭锁的神秘某处所，揭出一些我所无法抗拒与自掩的讯息吧！

我其实相信城市的声音都是美好的，像树林里的一切声音本都是有机也必要的。有些尚且不能被接受的城市声音，我宁愿认为是或者还没找到自己融入的方式，也或者是，我们还没空出这些声音可以进入的位置。

声音本是纯然的。

目 录

辑二 夏日·阅读

辑 一

青 色 · 生 活

一人一色

为何一人一色呢？

因为凡天下一人皆只能有一色，如黑、白、黄、褐等，生来就被分派一色，火车、轮船一样由头等至三等舱各自壁垒分明，不管开不开心，绝对无法更替相混淆。

但是，人总不甘心被分派的颜色，权贵者如迈克尔·杰克逊，可以大动手术整形漂白；不权不贵的，也可阿Q般以衣饰言语鸵鸟障眼，混装成譬如鲁迅笔下的"假洋鬼子"，也是脱身一法。

另一种，是效变色龙的异色本事，或因某种内蕴的修行，不觉自己透出另一个皮肤外的颜色，像打坐时自然浮露出来的光晕，或是修成正果后，不知何处跑出的涅槃石子（众人抢着要），另一个非本我的颜色，如影随形，无缘由地就附了身。

再一种，是如斑马或孔雀隹非单一的色泽，但斑马族天生会障眼隐身也太少见，暂不去考虑。

就先来彰显有二元异色禀赋近乎宗教圣性的人。

如阮玲玉本当黄色却显现白色。

为什么阮玲玉是白色的呢？因为我觉得阮玲玉是天使，而天使本当是白色的……

热内绝对会同意我的看法，他就这样写过：

> 我只能片段零星知道这些郁色迷人花朵的美妙绽放；一个是由一小片报纸上看到、一个是我律师不经意提到、另一个则是囚犯们吟唱般传述的——他们的歌声穿过牢房，朦胧、无望而悲伤，有如夜里唱的悲叹曲。乐曲终了时尤其显得动人，好像是音乐天使散放出来的，但也同时使我惊怕，因为天使令我不安。天使让我联想起白色、模糊、恐怖如鬼魂的透明肢体。

阮玲玉如鬼魂，当然是白色的。

她说人言可畏，我觉得人言因此特别可贵。

二月书简

之一

我们谈了两三次，关于你们两人一起展览的事情。虽然我觉得你们的作品间，有些看似清楚易辨的部分，譬如对家、对记忆、对时间的反复回绕，但我一直觉得这些应当都还不是扣联你们的核心所在。我也曾经提出反向的"送路"，作为对似乎都在寻找返家路途的思考，但到底是什么才对，我一直没有答案，也困扰着。

我现在想从另一个我近来深感兴趣的题目，试着作切入，也想听听你们的看法，就是关于"神秘"。对此我想先提一下有本这几年我一直喜欢阅读也不断受到启示的书，是被称为基督信仰神秘主义思想者西蒙娜·薇依（Simone Weil）所写的《在期待之中》。我没有办法清楚地对你们传述这本书究竟在说什么，我就抄一小段文字，也许你们会稍微明白我的意思：

有时，头几句经文，就使我的思想脱离肉体飘逸而去，将它带到空间以外的某个地方。从那里望去，一片冥茫。空间敞开了。感官的、普通的空间无限性，被第二等、有时是第三等级的无限性所替代。与此同时，在这种无限的无限性之间，是一片寂静。这种寂静并非无声，而是积极感觉的对象，它比声音的感觉更为积极。如果说有什么响声，它只有穿越了这种寂静之后，才传到我这里。

我想说的"神秘"，就是类似这样的空间无限性，以及寂静的声音。某个程度上，我似乎也感觉到你们作品中，同样都有着对某种"无限的寂静"的试图追索，这有可能就是我们自身生命源处的家，也可能是什么隐藏在"家"后面的讯息，正透过如薇依所说的"什么响声，它只有穿越了这种寂静之后，才传到我这里"。

我越来越相信，好的作品会发出"复调"的声音，也就是说会在传出第一层次的声音后，还继续传出来第二、第三层的声音，而这些声音常常超乎了创作者的安排，也不容易听见。但这可能就是薇依所说的"第二等、第三等级的无限性"，是一种神秘的讯息。

Y作品中，总是罩着一层朦胧蓝光似的，于我就像是在微微扣问着什么难解的问题；C的作品则是想拆解开一个神秘机关，想看清楚那背后究竟躲着什么东西。手法上，我觉得W在面对时间与记忆这议题时，像是依旧有种未明敬意的凝看，而C却是勇敢也残酷地一脚踩了进去，是大不相同的。

一个是捕捉，一个是拆解，对象都是记忆。

我鲁莽地作猜测，请原谅！先到这里。

之二

　　刚才上床睡觉，并且再次翻阅 Y 上次送我的作品集，后来思绪飘荡，就起床来，看到你终于寄出的这封信。在这本由 W 和你共同创作的书里，记录了你们延续到现在第五阶段的成果，相当惊人的一本书。把这系列作品看成活体，让它一直自由生长，你也同时一直记录，力量真实也厚重！

　　关于你提到上个周末开始拍摄附近的湖，让我回想起二〇〇五年你所策划与执行的《湖》，我们把两人从初次合作展览时的策展人与艺术家关系，完全逆转过来，多么有趣！当时我觉得以"湖"作主题是神秘难明的，你也草率以川端康成的小说为理由回答我，但显然"湖"其实从未消失于你的内在，也扮演着什么神秘的角色位置。我想引述一段你当时策展论述的文字：

　　　　此外，这个题目之所以如此吸引我，还在于它令我联想到某种秘密空间，一个人们可能忆起的地方，一个值得回忆的地方；可以浮游在它如镜的水面上，可以在它附近露营，可以做梦，也可以潜入那深深的黑、绿、蓝底下，甚至是透明的黑暗中……

依旧像是某种对家的扣问。

你提到 C 作品的反复凝视自己家族人物，确实在作品中显现出无尽的漫长路途，令人敬畏也困惑。我不知道 C 的终点是什么，但似乎总嗅闻得到死亡气息飘绕，是一种哀悼、崩坏与腐烂，也是一种回顾的身姿。C 所提到荷索的电影《天谴》里，那种华丽/原始、浪漫/现实、征服/瓦解交错的路程，比较让我联想到 Y 的创作状况，尤其虽然时时还有躲在暗处射出的箭，但瓦格纳音乐的神圣召唤，让这旅程有着某种浪漫的渴望。C 于我则会想到的是康拉德的《黑暗之心》，是崩坏后的废墟场景，虽然当年怀抱的梦境还依稀可辨，但生机不再，记忆如梦。或说 Y 是那个梦想境地犹存的克劳金斯基，狂野难屈，而 C 是那个已透视生命本质，因此不再相信的马龙·白兰度。

你们两人可以直接谈一下"家"是什么吗？

我们三人用两种语言写信，大家当然都辛苦，但是沟通本来就困难，不管用的是什么语言。我们就还是继续试试吧！真的写不清楚，还可等到见面时边喝酒边说的。

之三

感冒了一阵子，仍依惯例以单薄瘦弱身体作对抗，坚持不吃药、不看病，结果上周六突然病倒，睡了两天起不来，除了水什么都没下肚。结论：本人决定向微小的病菌致上敬意！那么微小，力量却那么巨大。

回顾一下我们半个月的写信，觉得相当有趣，从各自言语到渐有交集。只是你们对彼此提出的问题，好像比较不直接回答，是 C 含蓄的个性以及 Y 中文太差的原因吗？因为好像没人问我问题，所以我继续说我的了。

C 说："家是永远回不去的境地，记忆才是真正永恒的家。"我在想，或者应说"家"根本从来没有一刻消失过，只是不断地转换面貌，"记忆"才是那个回不去的境地？纪德曾说："记忆是对明日幸福的阻碍。"我年轻时深深相信这说法。现在反而觉得记忆是创作时最大的资产，但我坚持让记忆流动，不以过度的事实与证据来凝固它，因为记忆本不同于"事实"，记忆有着想象的神秘气息，那是所谓的"事实"永远不能具备的。而且神秘是不可言说，也不可命名的，记忆具有神秘的基因。

另外，到底什么才是"永恒的家"呢？就像 Y 提到他不断于异地流转的过程，哪一段才算是"真的家"呢？若决定是其中一段，那其他的都是家的"伪作"了吗？Y 以时间与语言来作这问题的衡量，于此我是有些怀疑的，我觉得关键还是在于"认同"与"被认同"的问题上，时间与语言可以帮助这部分，但并不会为人解决这部分的真正问题的。

关于这点，我觉得萨义德（E. W. Said）对"流亡"的看法有些意思。在《放逐者与边缘人》的文章里，第一句就说："流亡是最悲惨的命运之一。"之后，写了一长段有趣的话：

> 最后，任何真正的流亡者都会证实，一旦离开自己的家园，不管最后落脚何方，都无法只是单纯地接受人生，只是成为新地方的另一个公民。或者即使如此，在这种努力中也很局促不安，觉得几乎不值得这么做。你会花很多时间懊悔自己失去的事物，羡慕周围那些一直待在家乡的人，因为他们能接近自己所喜爱的人，生活在出生与成长的地方，不但不必去经历失落曾经拥有的事物，更不必去体验无法返回过去生活的磨人回忆。

但萨义德对"流亡"并不绝对悲观，他觉得这是现代知识分子必然的宿命，完全无须抱怨，如何应对才是重要的。他说："另一方面，正如里尔克（R. M. Rilke）曾说的，你可以成为自己环境中的初学者，这让你有一个不合流俗的生活方式，尤其有一个不同的、经常是很奇特的生涯。"这"初学者"的说法，也许回应了 Y 早先谈到阿杰特（Eugène Atget），那种透过反复凝看、微观再微观的创作方式，永远用着初学者般的眼光，来看熟悉平常的事物，从中发现新奥秘。

对"家"的追寻，或者本来就是一种流亡的过程，那是我最开始所说的迷路，像奥德赛般英雄也壮烈。流亡或是一种认同的过程，遥远的家乡可能只是一个救赎，真正的目的地是某个未知的新土。这或许呼应了 C 所写的："看见与不看见的水茫茫，是我和 Y 共同流放的去处，而实体的家似乎逐渐耗弱为彼此照片的参考坐标。"

三色蛋

我每周与母亲共进午餐一次。

因几乎不能视的缘故，母亲不再用炒炸方法做菜，以免危险出意外。最常做的多半是蒸与水煮，而三色蛋几乎就是每周必有的一道菜。

我初中时家境滑落，母亲每日晨要为我们五六人做便当，常常放的是对半切的卤蛋。那时我对家境的改变，很不能适应，也连带极度地反感每日的半个卤蛋。但我未曾对母亲说起过，只是之后数十年自己会回避吃卤蛋。

现在母亲年老体迈，我每周陪她吃一顿午饭，她也坚持亲自做料理。起先她还是端出卤蛋，我在数周后终于告诉她，我并不想吃卤蛋。她没有问我为什么，就从隔周起改成了三色蛋。

做三色蛋要比卤蛋费工也麻烦，我觉得有些过意不去。

我问母亲三色蛋的做法，表示也许可以由我来做这道菜。母亲告诉我三色蛋的做法，但是我却一直没有动手去做。我知道母亲并不会嫌麻烦，也宁愿亲自为我做三色蛋，这本是我们吃饭的快乐之一。

但我又觉得我该学会做三色蛋，并且替代母亲做这件费工的事情。

那天我又再一次问母亲三色蛋的做法。母亲没有问什么，只是详细地把流程又述说一次。我回家后，一直想着要不要就开始自己做三色蛋。我并不希望母亲辛苦，但是我其实又喜欢吃她做的三色蛋。

到现在我还是没去做三色蛋，但是每天都会想一次这件事情。

天使身在二地

天使本是讯息传送者，所以但丁才会说：天使可以身在两地。

神秘的讯息天上传飘，一张张明信片有如签语，就是那试图的解读者吧！

在我成长那时仍依赖绿衣邮差传送讯息的年代，从来我便是懒惰的写信人，明信片偶一为之，因为可以在上面用油性马克笔画花、蛋糕或笑脸，甚至写首潦草难为情的短诗。

后来发觉无信可写了，就开始收藏明信片。不是用过的，是空白干净，有黑白肖像照片在上头的，多是作家、歌手与影星，有一些科学家，像爱因斯坦，政治家也有，如甘地、曼德拉、马尔克姆·X（Malcolm X），建筑师自然也有。华人不多，在巴黎买到了头脸极有型的徐克，然后竟还收到他拍的"刀马旦"明信片，有林青霞、叶倩文、钟楚红，一排并立姊妹般瞪视着镜头。

空白人头明信片越来越多，也无处寄，索性贴满大门内外，盖住那个我讨厌的铁门蓝白花纹。久了，竟也觉得日日出入有他们的迎送，关怀与祝福交加，如母亲、猫犬与天使。

被粘贴住的明信片，让我想起讯息这事，如失传的神话。就算不再写信了，我依旧相信远方的神秘讯息。那些看似无因的话语，从天上忽然衔来，殷殷期盼我的终能解读。

门上的明信片，或就是对自己与远方的提醒与证明，说着："是啊，我依然相信讯息，请继续捎来你的话语啊！"

天空之墓

　　某次旅程一人飞渡太平洋，夜幕里寂寞地窥视着圆窗外的暗夜，忽然注意到一只僵死的蝶体攀附窗玻璃外，凛凛疾风里细爪死死牢锁不松手。很受震撼，揣想并暗问着那不知名的蝴蝶：蝶啊蝶！为何会这样舍命地攀附机体呢？是想飞到自己到不了的地方吗？……你死时后悔吗？

　　想着自己的人生，有时似乎也如那蝶，不断地向高处飞去。然而每次振翅，都是在亮丽与寒凛间的走索独舞。彼端的召唤逐渐清丽，欺生的风也愈加寒冻。难道……攀上某个大飞行体，就是某种蝴蝶般的宿命答案吗？

　　蝶体终于与我同样安抵海洋彼端的某城市。离机前，望向标本般死亡的蝶躯干，喃喃说着某种类似祝福的呓语：蝶啊蝶！毕竟我们都还是到达了这座城市了啊！

光阴

山茶花

　　光阴约我黄昏前上阳明山洗温泉，他说要在下班的人现身前出发。车子蜿蜒上山时，我见到山下的路灯像串珠般一颗颗亮了起来。

　　光阴听说三楼小阁房已被租走面露哀伤，但我们还是要了间见得到后侧山树的榻榻米房。光阴问我要不要先洗澡或是喝他带来的红酒，我说都好。

　　光阴告诉我他谋职与婚姻的困顿，我闻到硫黄味道扑鼻来就去启窗。窗外是棵巨大的山茶花，白色多瓣的花在暗下的天色里格外显目。我回头时光阴正大口吞喝红酒。光阴说他的伴侣总是故意不成全他的心意，光阴说他的父亲昨夜盛怒抛椅掷他，他就即下冒雨离家。我父亲在世时从不暴力待我，虽然我与父亲的感情同样亦显生疏，但是他一生温雅多情，只是我们不知为何一直无法靠近。

　　我提醒光阴喝太多酒不宜入池，光阴说没关系的。光阴脱了衣服转望，问我要不要和他共浴，我见到床头柜上有前宿客遗下的一串念珠。光阴的身体比上次我们相见时肥胖了些，我没有告诉他这个，只在入水时发出轻轻一声被灼烫的痛苦语音。

预备离去时我告诉光阴也许不该再相见了，这样对每个人都不好的。光阴扣着衣纽没有回答我，再抬头时用显得哀伤又空洞的目光说他伴侣如何因他不能赚钱而日日屈辱他。光阴说："我早该想到必是这样的。"我不知光阴是说婚姻必是这样还是人生起伏必是这样。

我临出门前迟疑着，不知当不当探窗摘走白色山茶花。光阴说那花白得过头，像是塑料花，不像真的花，我就没有摘取，关了窗。

下山时我想着这次是真要此后不再相见了。车子不断绕转下山，我的头就晕着了，我抬头望向远程城市夜天空起落闪着灯火的飞机说：

"我想离开台北去南部走走……"

"……何时回来？"

"尚不知……"

光阴没有说话，继续开车，但我想他明白我是真的下了决心永不要再相见了。我又想着离开前要记得给欲访见的朋友们通知，还有要记得给母亲电话，让她知道我将离城的事。

鹅

下午抵达后，光阴引我坐入有窗可临看后院的木桌椅。光阴为我沏茶，我则听见院中不时传来断续显得哀戚的鸣叫声。光阴说那是他养了七年的鹅。

"为何鸣叫不止呢？"

"自年前它的伴侣死后，就一直这样哀哀地叫着呢！"

光阴展示他新近完成的油画与书法给我看，我就回想起多年前常夜里探视他，那时光阴比较习贯用水彩，画里的人显得孤独却自在。那时看完画，光阴还会兴起邀我同去南势角看脱衣舞。

光阴现在画中已无人，画色也深沉浓重不似往日。我不想谈他的画，便要光阴带我出去走走。光阴驱车过市街时，不快乐地说：

"若知关山会变成今日这模样，当初便不会搬来这里了。"

光阴原本困居台北都市，在人生职志与家庭责任间抉择难安；我则退伍军中初入社会，也在追求自我与父亲期待家业承续间挣扎。最后光阴远走台东选择绘画创作，我则正式与父亲决裂，一意坚持地走往我向素梦想的方向。

光阴带我来到数重堤岸外的溪流。他指着远处的山说那是都兰圣山，又要我看河沼地急忙蹿飞出来的一只美丽的环颈雉，他说这是野鸟协会指派给他的领地，每年他都要负责数算来这里过冬候鸟的数目，他并说溪水年年干涸，候鸟都快无处栖息了。

夜里下起雨来，光阴和我同饮他珍藏的陈高。我仍不时听见那鹅发出悲戚的鸣叫声。光阴说起两位现时正驰名台北、与他同辈分画家的画，他说笔法与读书于绘画是极重要的，然后他突然离席遗我一人，返回时说他刚才在后院吐了。

半夜睡时忽然有凄厉鸣叫声唤醒我来，以为是那鹅靠近我寝窗才如此大声，后来发觉声音是来自邻墙光阴梦中的呓语。我转侧试着入睡却难再眠，想起一人独居台北的母亲，不知今夜下雨记得关窗否，又想起当时不能下决心犹豫徘徊的光阴与我两人，也真不知如果当初作了另一个决定，现时一切又会如何了呢？

此时鹅又鸣叫起来，转身试着再入睡前我就想着："明晨离去前，一定要去看看那鹅究竟长得什么模样。"

瑞穗车站

我一人上红叶村独宿日式温泉旅社，日起时匆匆赶回瑞穗搭火车，想沿铁路南回走。但离车启行尚有半小时余，且站长好意告诉我火车还要再迟来二十分钟。

我就散步走出车站。忽然望见久不相见的光阴一人侧坐站前洗石子台阶上，正在听音乐带子，神色专注，不视看他人。我绕走到光阴身后，他伴着带子轻声吟唱他向来喜爱的昆曲：

遍青山（这是青山）

啼红了杜鹃（这是杜鹃花）

那茶蘼外烟丝醉软

　　光阴诧异回视见我，原来他也正等车要返回台北，他的车尚有一个半小时。我索昆曲带子来看，并向光阴诉说儿时我的父母曾携我来洗红叶温泉，父亲与我共浴要我入到滚热温泉说有益我健康，我怕烫哭泣坚持不肯入池，母亲隔墙听见却无法入男汤阻止父亲并安慰我。回程返屏东小镇家园途中，母亲仍然与父亲为此事争执不断，使我紧张倦了入睡，印象中他们后来的争议已转到另一个女人身上去了，母亲便开始哭泣。我告诉光阴红叶旅社已非我记忆模样，他笑说我太傻，几十年了怎会不变呢？

　　光阴说他自己就将移居他乡，走前独自来探视他所爱东部的山岳。"为何要远走离家乡呢？"我深问着。

　　"是为了妻与孩子……"

　　"他乡有这样的山吗？"

　　光阴就转头无语，又忽然问：

　　"你要搭车去哪儿？"

　　"往南边走回童年的小镇去看看吧！"

　　他问我，那儿尚有家人吗？我说没有任何了。

　　光阴没接话，一会又说他要逛逛瑞穗市街，问我要同行吗？

　　我说不去，但会在站里候他回来。

　　站长忽来唤我说车行早抵达，即将入站。我说光阴去寻访街市尚未返回。站长说我当先入站，车子不会候人，且瑞穗此时街市多半尚未开启门面。

　　火车离去时光阴仍未返来，我发觉手中握有他交我未索回的音乐带子，但是火车已远离瑞穗车站。我就听起光阴留给我的带子：

> 那来时荏苒去也迁延非远
>
> 那雨迹云中才一转
>
> 敢依花傍柳还重现

是《寻梦》的曲段。我想着改日若能与光阴重相逢，一定要记得买一卷新版的带子还他。

落山风

落山风来时我不知所措。

我问光阴，这就是了吗？光阴点头，没有吭声。

光阴让我躲入他的屋子避风，并且沏茶给我喝。

我问："这风何时会停？"

光阴浇淋着滚烫的热水在陶壶上说："有时会吹上几天呢！"

我喝着茶，想到了童年。

我儿时出生在离山脚不远的小镇，住在父亲工作单位宿舍二楼，楼下有间临时搭的屋子，里面住了一家鲁凯族的帮工。母亲常在餐后要我把没吃完的菜端下楼去，初去时见到仍然黥面不能说闽南语的光阴的母亲时十分害怕，但她会面带笑容要我进入阴郁散着奇怪味道的房间，也会要我吃一些到现在我仍然不知道为何的食物，我还记得一种烤硬核果，干干香香有些焦苦的滋味。那个母亲总是不停地在黑锦布上穿绣漂亮的小琉璃珠子，口中嚼着槟榔哼唱歌曲。她一切的食物都是在唯一的旦饭锅里煮食。屋子的男人则远远地望着我笑着，不与我说话。

光阴与我同龄念不一样的小学，我很快就被他黑皮肤晶亮眼珠子带笑的表情吸引了。我会在父母午睡时偷偷下楼去找光阴，他就带我走入溪林田野，会在我瞠目咋舌的瞬间，掏下鸟巢中显得温热的蛋，或是捉住田埂草丛里的蛇吓唬我，他会在木麻黄树林中生火烤食蜗牛，但是我无论如何也不肯吃。我因见光阴无鞋可穿，便在后来也把我的鞋藏入楼梯底才去找他，但是不穿鞋石头扎脚，跟不上光阴步伐，惹他取笑我。

落山风吹不停破坏了假期的计划，我向光阴抱怨无法实践原先的打算。光阴望我一眼继续啜饮茶水。我从台北绕东岸来此想度假休息，想去浮潜观看珊瑚，我仅有数日时光可以这样挥霍。光阴把我未饮尽的杯子又再斟满。光阴今夜为我没能回家到山上见他的儿子，但是光阴只把滚烫的茶水一口饮尽，掩藏这一切没有告诉我实情为何。光阴结婚时没有通知我，我也没有通知他，但他说我现时还不能算是真的结了婚。

以前光阴和我住的地方没有落山风，任何时间去找他嬉玩都不必担心落山风吹起来的问题。仉说这风结束前我最好一直待在他屋里不要外出去。

"但我来这里是为了我的假期，我日前在台北就思忆着珊瑚的美景。"

"落山风要来谁也没办法。"光阴说。

我们继续沉默地饮着各自杯中的茶。

光阴现在任职小镇公所，我则十岁后就迁居台北升学并发展事业。我又想着要不要此时就告诉光阴，我早已不爱喝茶的事实呢？

"落山风会这样吹起来完全出乎我意料。"我有些抱怨地说着。

光阴说他也一样失望。

我问光阴，这风还会吹多久？

光阴说大约两三天。

母亲

母亲要我邀相识并不久且她仍未见过面的光阴周末共餐。光阴又兴奋又紧张，说他久已期盼能见到生养我的母亲了。

光阴迟疑不能决定如何穿着，在镜前脱穿不止，我知母亲其实一眼近乎目盲，另一只眼则极度弱视，对这一切都不能清楚看见，因此不会在意光阴穿着为何，但我并没有将实情告诉光阴。

"啊，这样穿她会喜欢吗？……是不是显得轻浮些了呢？"光阴像小学生要去远足般焦躁难安。

我们先到泰顺街买了母亲爱吃的猪油绿豆糕，光阴还坚持选了香味不太浓郁的山百合，说："我母亲在世时最爱这花了！"他的眼中并没有显露因怀念自己母亲而哀伤的神色。

　　母亲煮食拿手的红糟鸡汤招待光阴，但还是屡屡挂记怕光阴吃不习惯。我知光阴喜欢，食后他并认真探问煮食方法。我幼时体弱不爱吃食，母亲担心，特别留意我举筷落盘之物为何，她因此很早就对他人宣称："他绝对不吃隔餐的余食，肉鱼荤菜要煮得清淡他才会夹用。"并自己谨守一生至今，完全不听取我解说多次现在早已不挑拣餐中食了的话。

　　"鸡汤里多放些笋子或香菇，浮的油先冻过再捞去，这样他才会爱吃。"

　　"好的……可是伯母一人居住都方便吗?"

　　"他爸死后就这样也习惯了，而且他们自有自己的生活方式，一个人住反而落得自在……还有菜里千万不要放辣椒，他是绝对不吃辣的。"

　　我在五岁余得肾病，母亲不理会小镇医师宣告不治的讯息，漏夜驱车到邻市敲一驰名大夫的门。在我逐渐恢复健康的时日，我仍记得她以小铁匙喂我时身上浓浓温热香醇的味道。

　　光阴仍是不觉察母亲目不能视的事实，母亲是因久居此屋早已熟记每一对象摆放处才有目视般的熟练，直到光阴从母亲看不见侧递的一碗汤而使汤被碰打翻，才听母亲急促地道歉说明：

　　"真是对不起，我的左眼看不清没先告诉你，真是对不起。"

　　光阴看向我，眼中有惊讶与为何不早对他说明这原委的责怪。

离开母亲处后，光阴问我为何让母亲一人独自居住。我们穿过小公园，光阴离我远远说等会要一人去看电影，我知他在生我气。光阴又看着另一侧落地啄食玉米粒的鸽群，故意不看我脸，说："如果我的母亲还在，就算是目明体健，我也一定不会让她一人独居的。"

父亲

我与光阴在父亲忌日时相约上山扫墓。

光阴提抱水桶走转陡峻的山径气喘吁吁，我心不忍欲取过来，光阴坚持不肯，但终于不甘心还是让我提水并接过我手中白剑兰。光阴自此转显沉默，直到抵达父亲墓园同瞰辽阔四野时，才又展露欢欣。

"啊！这冬日的阳光真是美丽呢！"他惊呼着。

我则低头思索当先扫地还是先除草浇花的好。

光阴又说："父亲离去是有五年了吗？"

我知光阴此时必是望向碑上父亲年轻时的照片，我则继续回避与照片目光的交集。

"我来浇花吧！……但是，你还是不能原谅他吗？"光阴用轻柔的语气问着。

墓地四野遍长着白色的芒草花，我小心沿着父亲墓地边缘清除蔓长的草叶。父亲临开刀前夜我去医院探看，坐靠床侧两人长时无语，我立起说等开完刀再回采看视。出病房时父亲唤叫我幼时的名字，我久不听他这样唤，我惊讶回头，父亲慈祥视我，目光不移，我因诧异不知如何应对，就匆忙离去。

"但是都五年了呢……该忘云了吧？"

"母亲一世受了很多苦！"

"但是感情的事……"

"是的，我现在比较懂得了……"

我继续砍除显得顽强的草叶。

"不要砍伤了芒草花。"光阴忽然惊叫起来。

"但是它们会长入父亲的墓园里呢！"

"父亲不会在意的。而且我想摘一些芒草花回去插放。"

下山前光阴又说起我与年轻时父亲长得真是相似。我仍然不去看碑上父亲的照片，就只望着光阴满怀露白茅的芒草说："芒草花谢时，落絮怕要弄脏了屋子呢！"光阴或是觉得我无趣或是疲倦了，又恢复来时沉默模样，我因心底深知父亲年轻时与我容貌几无差异也陷入沉思。

返回我处时光阴将满落芒苴花放入大玻璃缸中，我称赞家室因此显得格外美丽，光阴终展笑颜，也不再生我气。光阴其实不知我虽长时与父亲有怨怼悖离，但我此刻毫不残留责怒情绪，父亲本是个多情温柔的人，同我一样也只是个平凡的人啊！

"我在想也许我们该搬云和母亲同住呢！"我轻声说着。

"是的！是的！"光阴就又展露出快乐笑容来。

我继续称赞瓶花美丽。我并非是要讨光阴欢欣，芒草花真的非常美丽。

因为恐惧所以阅读

我自记忆始，就是个爱阅读的小孩。

原因无人真正知晓，我暗自徘徊思量许多回，答案归结若干，总也不得要领。其中一个说法是基因，但我只是拿这来向素未见面、绍兴师爷以终的祖父作致意，因果是非究竟如何，其实不得而知；其他答案中，近来较取戈相信的，是——恐惧。

恐惧吞噬心灵，法斯宾德早已宣示预兆世人。

逐渐明白在过往与现今，许多次面对恐惧时，我常常是以阅读作蜀犬吠日般的对抗。譬如幼时怕生害羞，以书掩面回避现实；及长，喜一人四海游旅，或寂寞、或不安、或胆怯、或生恐惧时，常就眼目心神同入书中，假乘作者之笔，弃现实登太虚。

恐惧与阅读，犹如双生子屡屡共体出入我生命。

最强烈的印象，是初赴美后两次病倒时阅读的经验。头次是在费城宾大修建筑硕士，因经济拮据，漏缴健康保险费，没想到十二指肠溃疡痼疾发作，无钱就医　只能以简单断食法自我治疗。那时，闭门闭窗一人独卧床，暗室里留床边小几微光一盏，心内担忧恐惧交加，又不敢述予远方家人知晓，饥渴时就饮口水，幽幽度着惶然数日光阴。

用来抚慰正被吞噬着的心灵的，就是偶尔阅读手上唯一的《将军族》了。陈映真那样忧郁、无望与伤感的人物，伴同着他优美至极的文字，款款音乐般流淌入我那一刻也正干涸透底的心床。

就似乎特别能懂得他要言说的话语了，譬如他所写的：

> 他睡着，虽然渐渐自觉手脚已经和大脑脱了统御关系；虽然自觉呼吸急促，但他却一点也不觉得痛苦。他还能觉得紧闭着的眼睑外的一个大大的光亮的圆圈圈的人间世；他的心境活泼而平安，甚至有些许的欢喜。

毕业转赴芝加哥，因盘缠用尽，寻职前先接了芝加哥大学附近华人书局的装修监造工作。每日在一老房子的地下室里，与雇自街头游荡的黑人，一起制作无止境的木书架。那个小区事实上极不安宁，抢劫犯罪并不少见。一夜，忽然心思来潮，出住处走向暗着的地下室区域，经过见门下透着光，诧异以为自己早先忘了熄灯，走进去发觉锁也竟然是开着的。

"有小偷！"立刻想到新买来才堆积起的木料。硬头皮屏气走入去，隐约觉得穿廊底左侧暗着的大间，微微有光影闪动，踮步徐徐靠前去；走到底时，转面望向大间，见一群黑人男女，各自手心秉一白烛，专注环着一个圈缓缓行走，圆圈中央似乎横躺着一个少年什么的。我被眼前景象整个惊住，完全不知如何动弹，此时有人见着我并发出语音，便所有人都转目向我，同时间吹熄烛火。

我立刻转身拔腿奔去，在大街上旁顾无人地直直奔着，感觉身后一直迫着什么紧逼不去，也全然不敢回头去张看，只是跑着跑着回到住处。入房里，依旧惊恐不能止，蜷躲入棉褥，取出父亲予我的《圣经》，在昏黄灯下慌乱地读着熟悉的几个章节，譬如：

> 神啊，求你留心听我的祷告，不要隐藏不听我的恳求。求你侧耳听我，应允我。我哀叹不安，发出唉哼。都因仇敌的声音，恶人的欺压；因为他们将罪孽加在我身上，发怒气逼迫我。我心在我里面甚为疼痛。死的惊惶临到我身。恐惧战兢归到我身，惊恐漫过了我。

反复读着至夜半张灯睡去。噩梦连连袭来至天光才止。晨起入厕，惊见溃疡大量出血，又无保险护佑，照样躺着自疗度日，但这次有华人来往问候。大约十日不得动弹的时光，我不时凝视搁置在桌上，却不再被我翻阅的那本《圣经》，心中有种不得庇荫的怨怼。

那是我初临芝加哥的第一个秋季，窗外大榉木一夕转黄，落起纷纷叶子来，既美丽又哀感。如今回想这样两次恐惧心情下的阅读，一次像是濡沫，一次像是哀乞，都难以忘怀。

或是已善于回避，现在恐惧的机缘少了许多，但是阅读并没有少。或许我已经不再需要借阅读来对抗恐惧如往日，但是因阅读而生的平静、喜悦与勇气，却没有一刻减少过需求。

即令不再恐惧，依旧是要阅读的。

有山微微

有次碰巧与刘克襄先生同车由台中回台北,走的是山峦绵密也青丽的二高。车过到大约苗栗附近,克襄兄忽然指着窗外的山,说这些山他大半都爬过,也知它们的名。我随意指问一座并不真像山的山,他果然立刻能答出来,并说他走山并不走山脊,他走入到山里的细微处所。

随后他又提到"里山"这个事,说明某种里居当畔山的传统,也就是一村各有一山,里与山间维持着某种相依也相敬,类同形上关系的居住观念。我回来后,持续不断想着这件事,竟至于产生有些向往的心情了。

昨天去故宫看宋代的书画展,立着瞻看范宽绘于一千年前的《溪山行旅图》,一山巍巍然占去全幅三分之二的面积,幽然自在也悲悯地睨看依偎在山脚的溪流草木,以及一行匆匆赶路的旅人,天地显得极其宽大也悠悠,人间一切似乎顿时可以轻淡起来。

也几乎感觉得到隐者范宽,对生命必然沧桑短暂的某种哀愁了!

宋朝文人与山岳间,所建立起来那种神秘幽微、近乎共为一体的关系，的确将中国文人画推至最高的境界。山的坚定与永恒个性，年年又能再新绿的活泼生机，肃穆沉静同时盎然无尽的特质，清晰在画中显现。文人与山岳同时又互为主体与客体，人山可以自在易位，不分尊卑上下；又宇宙宽大无际，短暂蜉蝣生命因为主观的可入可出，便也不足牵绊与忧伤了。

宋朝的人究竟如何过生活，我并不真的清楚，但看到宋朝文人例如范宽，能够与自然宇宙建立那么浩然的对话关系，毕竟还是令我极为神往。就也相信那个时代的人文性，必然已经达到极高的一种和谐状态，因而不管当时物质贫富究竟如何，生命必可以因这人文性而能够有安身处。这样人文浩浩时代里素朴宽厚的气质，甚至会让我动起"宁为宋时民"的怆然空想来呢！

唉呀呀，那样宋时的山，如今要何处寻啊！

读小泉八云的散文，瞥见类同的心情。小泉是十九世纪末到日本的英国人，一八九〇年他初抵日本不久，写信给在故乡的友人，说着：

> 我觉得难以言传地受到日本的吸引。……我喜爱的是整个日本人民，这个国家里质朴贫穷的大多数人。这种感情是神圣的。世界上没有什么东西接近于他们所具有的朴实无华的魅力，也没有人写过什么书来反映它。我爱他们的神，他们的风俗，他们的衣着，他们的房屋，他们的迷信，他们的过失。

小泉甚至在同一封信里，对友人说出他梦幻般的期待："我但愿能在某个日本婴儿的肉体中再生，那么对世界的美，就可以像一个日本人的脑子那样去感觉了。"

我只是想找回宋时的山，小泉八云比我还疯狂，他竟然还打算要重新投胎做日本人呢！

相对于西方文明的平衡关系，主要架构在人神关系的稳定性上，我觉得东方文明的平衡点，则是在于人与自然宇宙的一体和谐性。明朝的计成写的《园冶》，可能是世界最早的造园典籍，书里侃侃从王维"江流天地外，山色有无中"的人文意境，谈到如何相地选石等细微的事情，将园林艺术的层次与重要性认真建立起来，也建构了那之后，在明清民间蔚为风潮的园林美学基础。

在《城市地》篇章里，计成甚至鼓励人们应当在闹市筑幽。他说"邻虽近俗，门掩无哗"，就是说虽然住在俗市繁华处，依旧可以也应该要去创造出宁静悠远的园林环境。他并且强调造园的原则是"三分匠、七分主人"，也就是说园林的风格，必须反映出居住者的内在心灵性，而非仅依赖巧工匠意的华丽性。让我们见到宋文人山水意念里的个体性与宇宙性，如何在明清的时候，可以转入真实民间的生活中，以及中国文人的生命观，如何能借由微型自然的方式，为普普众生搭起了化渡自我生命的桥梁。

小泉八云也爱极了传自中国的日本庭院，他写道：

　　因此它是一幅画，也是一首诗，或许与其说是一幅画，不如说是一首诗。作为大自然的景色，它多方面地以愉快、庄严、可怖、甜美、力量、宁静等的感受影响我们。这样一来，园林反映出来的不仅是美的印象，而且是灵魂中的情致。了不起的是前辈庭院艺术家，那些首先把这种艺术介绍到日本来，然后把它发展成一种古老科学的佛教僧侣。他们认为在庭园设计中表现伦理教训与抽象概念是可能的，例如忠贞、虔诚、知足、淡泊、幸福等。因此庭园是根据主人的性格设计的，不论他是诗人、武士、哲学家或僧侣。

庭院本是用来与人类的个体灵魂作对话的。但这样的观念事实上可大可小，譬如我有一个年轻的朋友小吴，日日从宜兰搭火车入台北，在街头以他自制的小木推车，走卖着小型的盆栽；他说买的人大半是上班族，他们会在干涩的工作环境里，摆置一盆小花木，日日小心照料，成为自己心灵的寄托处。有时我会在敦南诚品附近遇到他，看着小吴针对买者的需求，为他们的盆子贴上一小句专属的诗句，小吴并会定时回去探看买主们花木的健康情形。

所以办公桌自然可以就是山林风景，阳台窗口何尝不可，巷口转角余留的畸零地也是，空闲未建的荒地、家附近的小公园，通通可以是自我灵魂的寄情处，而那片在远处浮现的青山，更是老天给我们最好的礼物。计成认为园林必须可以"得闲即诣，随性携游"，也就是在咫尺间，你可以随兴立即到达，并神游自在，完全不必非要凭借心神体力的刻意艰困跋涉。

这种境界应该就是末人画的想法吧！

我自己现在住的地方，轻易就可以看见山。屋子一侧有在极远处的连绵山峦，另一侧则隔巷就有座小山，并且晨昏众鸟啾啾。我小小的公寓里，也逐渐长起来许多绿色的植物，有点杂乱有点缤纷。

一个借住过我公寓的北欧建筑师，后来写信给我说："夏天借住你家时，可以清楚感觉到你很爱那里，你其实也是你家植物中的一棵。可以这样在身边就见到各样微型的自然环境，与你深爱着这现象的态度，让我有些感动。你像是鱼缸里的鱼，你的植物与物件们则围绕鱼缸望着你。"

让人见出自己有着迷恋什么的态度，似乎有些难为情。还好我发觉小云八泉也一样迷恋着他的屋子，并且还大方地自我承认：

> 我已经变得有一点过于喜欢我的住宅了。每天在完成大学讲课任务回家后，脱下我的教书服，换上无限舒服得多的和服，屈腿坐在树影婆婆的游廊上，享受着素朴的乐趣。……除开鸟鸣声、刺耳的蝉叫，或在那长时的间隔后，噗通的青蛙跳水声外，就没有别的声音了。不，这些墙垣还远不只把我隔在世尘之外，在它们……里面安居着宁静和平的大自然和中世纪的梦境。在它的气氛里存在着一种古雅离奇的魅力，你淡淡地觉得周围有着某种无形而又可爱的东西……

我想我懂得小泉八云的意思，相信他也会明白我的。而他所说的古雅离奇的魅力，必然也真实地存在着，只是现在能感觉得到这样无形美感的人，似乎越来越少了呢！

回到早先提的"里山"，我的确向往那种居住畔山的邻里，所能有着与山丘彬彬共处的生命机运。那样地方里，住着的人必会对山尊敬，也懂得如何与自然一起俯仰呼吸。而那样的村子，也一定对人对物都谦逊有礼，不自私也不霸道。

至于那样地方里居民的人生，或就是范宽在《溪山图》中，所意图描绘的行旅状态吧！有一点悲凉、一点寂寞，然而也有许多的宽容与浩大。

死亡般慢悠悠的生活

近来，对中世纪的欧洲有着强烈的好奇。

与文艺复兴华丽的人文飨宴相对照，一直如同处在死亡沟渠阴影里的那段黑暗世纪，长久以来就不招人注视与好感，加以又总与瘟疫、黑衣僧侣、受苦无望等类同自我放逐的意象相交缠，自然更是让人避之唯恐不及。

但是我似乎逐渐可以嗅闻到那个时代，所飘散出来某种缓慢沉重又蕴藏神秘的浓烈气息；甚且还惊讶地发现，原来我的日常生活，也正不觉被吸引朝着那同样大河的方向汇流去呢！

是关乎缓慢这件事。

发觉自己的生活里，逐渐能够有着某种缓慢感的存在。

这样的时间，可以拉长、拉缓、拉得半透明，即令只有短短几秒，也令人觉得舒畅自得。怎么说呢？是在生活里，渐渐明白建立自我节奏的强烈必要性；因此，在度着击乱鼓、夏日骤雨的日日外在节奏后，发觉偶有一悠缓缓的自我溪水，可以出去透口气，是多么地可贵与重要。

因此，十分在意如何让慢生活得以酝酿留驻。

通常这样的慢生活，在我已算久居的公寓里，一周有一两天出现。也就是说大半的日子，我会配合外在的节奏，甚至更加快速地把所有必须做的事情，都一一处理完，然后就回到闭门见南山的悠然自我时光里。

是怎样的慢时光呢？

基本上我尽量避免与人见面或说话，就让身体与日光，告诉我该做什么，譬如何时起床、何时吃饭、何时工作、何时累了等，也就是说我的睡醒吃做，或读书、发呆、洗澡、喝啤酒，都顺其自然地发生，好像过着一个与外面世界脱轨的日子，时间的长短计数，因此会恍惚起来，有时其实短短一刻，也悠忽忽地觉得极其漫长，写长篇小说时，这情形更为明显。

喜欢这样节奏的日子，因为里头有着我先前嗅闻到沉重又神秘的气息。中世纪那些日日活在死亡阴影下的人们，或就是因此，而得脱离掉存活着的庞大节奏压力，以逸出汲汲营生的时光外，呼吸到存有的自由。

可能也正就是这样介于生与死间的缓慢节奏，人才终能真正感受到生命的愉悦。

不管中世纪这些受苦的人，或是南北朝居林间饮酒度日的那些人，都让我看到时光定格的慢生活可能。

我向往那种缓慢的自由与愉悦。

色不异空

夏天的时候，我想起来那一年淋过这河岸的那一阵雨。那时，鼓声咚咚咚咚敲遍沙岸，江浪里沉浮着多少英雄与非英雄，咚咚咚咚谁胜谁败，现在咚咚咚谁记得。而夏天依旧，依旧年年伴着青山与夕阳起落。我们欢喜举杯。啊，今宵，谁先白发醉去。

秋天的时候，万物沉心静静观察，看所爱者如何在转变。花园里的一切，逐日挥鞭，从微黄转成暗红。旅程，显得遥长。天空，因为曾爱过，便一夕老了。

冬天的时候，我想起来前一季的缠绵。炭火与记忆，同望向镜中依旧微笑对我的你，温度已然不再。我哭了走入镜子，你哭着走出镜子。让我为你取暖，我说。暖了还会凉去，你说。我哭了走出镜子，你哭着走入镜子。

行过富锦街

　　今天出了难得的太阳，我把被子摊到屋外逃生梯的地板后，决定回少时成长的民生小区，和母亲一起共进午餐。

　　这其实是我们之间行之多年的秘密约会，除非出国或不在台北，我每周都会和母亲共进一次午餐。母亲已经八十余，行走不便，几乎不再跨走出我们老居处的二楼公寓大门。

　　我把车停在母亲公寓前的富锦街。从十二岁到近四十岁，除了念大学与出国，我都一直住在这条街上。

　　从车里走出，照例抬脸看向几乎被遮蔽的绿叶天空。春来才发的菩提幼叶，在正午饱满的阳光照耀下，交织出晶莹剔透的拼花风景，和背景晴碧的蓝天互争光彩。

　　我出国多年一日返家，诧异望着富锦街上两列似乎一夕长大的菩提树，眼泪泫然欲掉落，心中呢喃着："菩提树啊！何时你们竟也和我一样，都变成成年人了呢！"我还记得在阳台上望着植树工人，燠热的夏日如何辛苦一株株植下稚嫩模样的这些小菩提树。那时，对面小公园全是荒芜的土石，夏日显得漫长而沉闷，我和弟弟会在爸妈午睡间，溜出去空地和其他初搬来的小朋友打棒球，弟弟后来和他们结成死党，成群呼啸来去，我却始终都没有加入。

现在这公园整理得精致幽雅，常常可以看到附近的幼儿园老师，携着整群孩童到公园玩耍。他们现在欢乐玩着的滑梯，其实已经更替过许多次。我有时也会坐到公园里读书，现在的太阳似乎不如从前热，可以暖和和吹着徐风，边读着喜欢的书，边看老人在认养的角落花圃，辛勤照护着那些鲜艳的草花。

我觉得台北似乎整个地变了，台北的人都变了，台北变得又人性又温暖。

母亲今天预备了一条煎鱼、一碗蒸蛋与一盘青菜。我们安静地吃着午餐，我问她晚上睡得好不好，她也回问我下午有没有课，但其间大半的时候，我们都只是沉默地各自吃着饭。

有时，遇到像是我生日那样特别的日子，母亲会起得早，沿着行人道走到转角的街口。那里有个二十年来，日日早晨都会出现的小货车，那一对现在也显老态的夫妻，贩卖着蔬菜与鱼肉食物。他们见到母亲会招呼她，并包裹好她要的几片猪脂力或一只腰子，这是母亲喜欢为我特别预备的食物。那位菜贩妻子知道母亲有时会走失迷途，必会陪母亲走回到家公寓的大门口，才自己回去。

弟弟现在大陆经营餐饮，前不久回来台北出差。我要送他回机场搭机那天，他说想去富锦街转转，在新中街的那个老市场口吃鱿鱼羹面，他说这店从他读中学时就开着，口味也从来不曾变过。

但其实民生小区这三十年变得很多，那时还环在东边的大片稻田，现在早见不到踪影了，那家电影院开关了好几次的，终究还是关了。基隆河筑起来挡水高堤墙，堤外的水边现在料理得很好，单车道与慢跑的路径各自蜿蜒，会有许多人家的大小，在那里欢乐地嬉戏烤肉。

但这一切里，富锦街尤其出落得标致。许多电影与广告片，特别爱在家门口这一段取景。有一次有人还敲了我们的家门，说想用我们的阳台作景，还说片子的女主角是张艾嘉，这事虽没谈成，却让我们一家晚餐时，乐开怀地说了好几天。

我觉得富锦街所以美，主要是因为那两排菩提。这两排菩提，不知为何的，就是长得比他处都好都美，不止躯干显得挺拔雄健，参天的心形掌大枝叶，会随四季转换色泽。另外是公寓背后侧的那边，有个很大的运动公园，晨昏许多老少在那里运动，以前母亲会去那里做外丹功，现在不方便就不再去了。

吃了饭预备走时，我看着窗外的阳光，真是难得的美好，就问母亲，想不想去公园走走？母亲有些讶异我这样问，就略显迟疑地说：

"可是我必须睡午觉呢！"

"今天太阳特别好哪！"

"是吗？"

母亲脸上绽着微笑。她已经久不去公园散步了，但我知道她的微笑，说明已经同意和我一起去公园走走了。

　　母亲在民生小区富锦街的这个公寓，住了半生。我知道她很爱这条街，也很爱这附近的所有草木，她只要走过富锦街，就觉得特别开心。

何必哭泣，嘉年华还未终了呢！

初到达哈瓦那的当天夜晚，坐在酒吧听着一个并不很美丽的女人用西班牙语唱着一首不断重复"何必哭泣，嘉年华还未终了呢！"歌词的迷人曲子。她和其他乐手的脸上都有着沧桑仿佛不在乎世事的表情。但这不断回旋有些惆怅的歌词、节奏清晰的鼓击、浪漫的吉他，与快乐跳着萨尔萨（Salsa）舞的人群，共同回荡在这小小拥挤酒吧内的气氛，竟给我某种错综不知是身在快乐还是哀伤所在的混淆感觉了。

而这样的感觉，在我至今已返回台北每每再思忆起我的古巴行时，仍是交混难明的。

是的，那时究竟我是身处在一个快乐还是哀伤的国度呢？

也许就像那首歌所吟唱的：

何必哭泣，嘉年华还未终了呢！

何必哭泣，嘉年华还未终了呢……

我想过简单的生活

我想过简单的生活，却发觉很不容易。

因为，生活就像头会不断吐丝、自我缠绕的怪兽，千丝万缕本来自然也应当，想与之硬作切划，反而显得奇怪与突兀。尤其，我发觉自己这一向的人生，似乎像是踏上了一条会自我衍生的单行道，雪球般越奔驰越巨大也越复杂，既来不及思考，也无法作阻挡。有时午夜梦醒，惊觉并思索说：如果不当机立断化繁入简，可能就难以返归到原初的那片小雪花状态了。

夜半独处时，确会有着想返回雪花状态的揣想。

但是雪花就真的比雪球好吗？

以及，简单确实会比复杂更迷人吗？

这问题像是个哲思公案，我完全不能答复。

也明白，我心底依旧有着这样对简单生活的呼唤与期盼，旧梦般魂萦不去，然而原因为何，不能自知。

就先不管它是否千丝万缕，来理理看吧！

幼小时，我一直对长大这件事，有着深深的恐惧。现在回看来，当时所害怕的，其实并不是自己将要变成大人这回事，反而是对于成了大人后，所必须要去面对的那个复杂世界，让我深深地觉得不安与疑虑。

那时，我用来抗拒与隔离这个世界的方法，是安静也孤独地一人作阅读，并确实能在其中，感觉到阅读给予了我简单与自足的某些安然。父亲是个传统的士大夫，有些四体不勤、五谷不分，因此对于我的蜷躲入书籍，显得离世的怪异作风，默然地作着支持。在我十岁之前，阅读了许多孩童的书，有些图文还鲜明地印留脑海，譬如一个叫小嘟嘟拖船的故事，与另一个母鸭意外收养的小雁，长大终于飞离去的故事，这许多迷人也难忘的书，都是父亲那时买来的。

之后，一家人由屏东迁入台北，我开始自主地买书，先买的多是东方出版社的演义故事，父亲全然不过问。演义小说让我看得着迷不已，也让初入台北都会，逐渐要开始面对真实世界的紧绷身心，有了可以寻求庇护的处所。对那时的我，阅读的世界是极度简单也安全的，生活的世界则是非常复杂与难测，而书本就是用来阻绝与拉远二者，建立自我鸿沟的方法。

这方法或许有些鸵鸟，但我如今还是会以这样的方法，来应对时而显得烦人也难处理的现实呢！

也回头来看看我现在的生活吧！

我几乎长年一人独居，自甘也似乎自怡其中。旁人多半不信，会问着："你……不孤单吗？真的不……寂寞吗？"看我说并不会，多半露着讶异与难信的神情。这样偶发的事情，不免让我再次省视起自己眼下的生活，并自问着："是真的这样吗？"或是："为何我会和别人过着不一样的生活呢？"

以及，最关键的，我到底是否在过着真正简单的生活？

我吃得简单（但应酬并不少），起居简单（但工作事务繁忙），几乎无访客（但外务颇多），生活自己料理（但雇人清洁打扫），无债务欠款（但有房贷得付），席地即可睡（但非常多梦），不盲目追逐时尚（但会不理智地买无用的贵东西），除我之外什么都不供养（但有些花草与一只年前突至我家的大肥猫必须照料，且猫越来越肥，我越来越瘦）。

这样的生活算是简单吗？

很难论断。

我不免会拿一些心向往的人作比拟，譬如阮籍、蒙田、梭罗、七等生、陶渊明、弘一法师等，他们似乎都能过着某种简单也自足的生活。但我也发觉这些人所以能过得简单，其实很大的部分，是因为他们能与现实有着适度的远离，以及更重要的，在情感上还要能作舍弃，也就是说能够忍心与狠心。这说起来轻松，要真能做到这样，绝对是很不容易的。

若这么去看的话，似乎对现实与感情的牵挂难弃，就是简单生活的最大罩门了。

生活所以必须简单，应该是因为觉得生活的繁杂多枝，开始令人难耐了吧！复杂的生活，可以带来饱足的丰实感，可是当生活的线头，多到理不清的状态时，大约人人都要向往简单的生活了。但这其实也是某种鱼与熊掌间的取舍，要简单与平静，就得放弃一些现实与感情的抚慰，要得到多一些的现实与感情的温暖，就得负担起那不可逃避的生命重量吧！

轻与重，得与舍，简单与复杂，或都是一种求仁得仁的因果关系呢！

我想过简单的生活，却发觉完全不容易，且会见到自己一直在生命中摆荡，时轻时重，时得时舍，时简单时复杂，纠绞难明。这样的困局与矛盾，可能只能赖哲学作破解了，就看看以"复调"来形容神奇陀思妥耶夫斯基作品的巴赫金是怎样说的：

> 有着众多各自独立而不相融合的声音和意识，由具有充分价值的不同声音组成真正的复调——这确实是陀思妥耶夫斯基长篇小说的特点。在他的作品里，不是众多性格和命运构成统一的客观世界，在作者统一的意识支配下层层开展；这里恰是众多地位平等的意识，连同他们各自的世界，结合在某统一的事件中，互相间不发生融合。

因为爱陀思妥耶夫斯基，也因为尊敬巴赫金，我就把想过简单生活的向往，以"复调生活"暂作自我化解吧！所以于我，目前我的简单生活，就是一种复调的生活，是一种单一/多元价值的矛盾共存，现实/感情又舍又得的必然妥协，离世/入世反复出入的因此缠绵……

　　讲得这样拗口，已经完全不简单了。

　　不过，我还是要说，我确实确实想过简单的生活。

孤独就是我的本质

自来，就觉得孤独是我的本质。

但从来不敢对人说出口，只暗隐藏入肚腹里，幽思到今日。

所以如此，自然是怕人见了出来，便要以其他光大的理由，将自己由暗处逼出来，有如将蛹自茧逐出并摊露日光下，或强逼孤只单飞无碍的鹰，必须列队齐头如雁群般，行列共展翅。

我虽自觉是蛹是鹰，却也常假目以蝶以雁的姿态存活人间。

所以非得这般与人间往来，并且相互牵连不去，其中的诸多姻缘情事，当然是不必我多言，也人人皆可明白的吧！

或也因此，我尤其会被那些可以张目孤独行走人间的人所吸引。

像平日近身就可见，例如酒吧台上独坐饮酒也怡然的无名男子，夏日午后独眠榕树下的某壮汉，与踽踽暗夜独走窄巷的恍神老者，都悠悠以某种神妙语音，暗自召唤着犹然骚动不安的我的灵魂底处。

时空远处，当然也有呼唤声响嘹亮传来。

就譬如中世纪那些苦修的隐者，他们选择远离人间群聚的生活方式，简单安静地与自我坦诚相对。虽然这样的隐者，常常是被后人与宗教一起作联想，但所以如此，毋宁是他们可能可以借孤独的生活，寻得一种与宇宙相连通的方式，而这种相联结性，是日日滚于尘嚣游戏中的人，所难以明白与体会的。

或者像宋朝的诗人苏轼，晚年被放逐四处异土，过着虽然清寒贫穷的生活，却能在其中寻得似乎自在怡然的人生境界。这种孤独的生活状态，并不像隐士那样能以此与形上世界相通，而更像是一种对内在自我坚持的放空，与对外在世界诱惑的弃绝，因而显现出来的特质，是某种平凡却真实的质地，并有些轻忽自弃与游戏玩忽的趣味，而这也是大不同于隐士常有的幽远飘逸气质，与常因之而可成为人间导师的角色位置。

苏轼晚年写的一首诗，可略略见出他这样孤独生活的况味：

> 有客扣我门，系马门前柳。庭空鸟雀散，门闭客立久。主人枕书卧，梦我平生友。忽闻剥啄声，惊散一杯酒。倒裳起谢客，梦觉而愧负。座谈杂古今，不答颜愈厚。问我何处来，我来无何有。

我自己也时时会向往这样类似的生命情境，而且大约是将自己的位置放在中世纪隐士与苏轼二者之间的某处。但是，我当然仍然远远无力那样真正地去过日子，目前顶多是用有些让人觉得孤僻不合群的方式，又轻又重、又远又近地沉浮于人世间吧！

但是我也明白，就算认定孤独即是我的本质，这世界的诸多纷扰，也并不能因而化解（好像对世人宣称自己决定离世出家并不能使这个世界因此就会依心所愿的作运转）。我也逐渐理解所谓的孤独，面对的依旧是一个向外，与一个向内，两个同样复杂的世界，也就是说孤独本有着它对外面宇宙与对内在自我世界双重面向的意涵与挑战。

因为孤独天生有其既为人又为己的双面性。

我们害怕孤独，有时是怕别人会这样论断自己，有时是真的怕了孤独；更常只是因为一种口耳相传的警讯，无由得地就会自我回避与退却，像对无人罹患过禽流感的恐惧一般，未接触已早早懂得回避了，完全不愿也不敢亲身试探，就让命运为我们决定路径。

这个世界本是不鼓励任何人孤独的，因为孤独的人永远是对群居他者的威胁与挑战。

幸福本就是需要他者的落败，来赢得自我信仰的建立的吧！他者的幸福因此也常是自我信心匮乏者永恒的痛楚；这就有些如同不知爱情究竟为何物的人，只能依赖身心受苦，才得确知就是爱情的道理吧！

我觉得若是要面对孤独，除了要能怡然自得不受外物影响，以自我节奏继续生活着外，还要懂得如何与这个不尊重孤独价值的世界共生下去；孤独的人不能太招摇，也不能太宣示自己的价值信仰，更不当挑衅任何无辜他者的既有生存模式，同时又要能够坚定自信，不卑也不亢，持恒地走自己一人的旅程。

无人当去违逆他者（不孤也不独者）的日常运作的。

　　但是，孤独也是相对于不孤独而所以存在的。

　　那什么又是不孤独呢？只是因为有人或有群为伴，饮食有人与共，睡榻有人相伴，抱怨有人倾听，哭泣有肩相依，就是不孤独了吗？……若是没有了这些呢？……那便是所谓的孤独吗？（为何只有人质疑你是否孤独，却无人会问说：你为何会宁要不孤独呢？）

　　我其实觉得孤独是人的本质中一项非常珍贵的稀有价值。若懂得善用孤独的质量，让能合群的人也有机会能孤独；而且就是因为能孤独，让我们还有机会能觉得与万物（鹰啊、石啊、狼啊）再度同源共生了。

　　我真的觉得孤独的确是我内在本质的一部分，也喜欢自己内里能有这样的质地，即令多时皆隐着（别人有无这质地，我至今依旧不得也不确知）。

　　但是我也常自己惆蹉感叹着，何时才能真正过起这样想象也向往的孤独生活呢？

盲眼刺客的迷宫约会

因不喜久站久走与久逗留，我逛书店的时间，大约都是定在一到两个钟点间。这时间不长也不短，足够用来好好吃顿微型大餐，或是泡个双人热温泉；若是拿来逛逛书店，看书买书的本意，大概是完全可以顾得到，而且这基本需求不但能得到满足，也还不至于把中年单身男的自己，弄得太累太疲。

当然就这样小段时间，想把一个似图书馆迷宫大的书店摸遍看尽自然是远远不够的，若是还妄想要让每一本好书，都不漏出自己的密网视线，就更是近乎痴人做大梦了。

而自己这样子人懒又要全得的两难处境，让我觉得活活像个一心想赶赴约会的急色鬼，却无意间困入无边的迷宫窘态里。

那么，到底要怎么来处理这哲学问题呢？

我应对的拳脚把式也很简单，首先是绝不在书店里读书，一本书买是不买，三分钟内就必须决定，回头要是在家读了反悔，只能算自己识书不明，绝不能怪说是良人遇书不淑（这方式其实也有些像宁舍自由恋爱，去就一翻两瞪眼媒妁之言的意味）。

　　另外就是得多去书店，以次数频繁来平衡时间的不足。这好处有些类同犬族日日晨昏必出赤，顺道巡走自家领域里的大小生灵细节，有着可同时宣示兼巩固疆域的双重目的。这样子，不觉就会把习常逛走区域里的书弄得极熟稔。如同农夫料理自家田亩，甚至不必用眼睛亲自瞄去，只要嗅嗅鼻子，竖起耳朵，今朝比昨夕多出什么草花，少了什么果子，皆能历历清楚在心在目了。

　　也因此，有时难免觉得自己完全像传说中那盲眼的刺客，不用靠眼睛去定位，便能快、狠、准地直接命中一头头待擒的猎物。

　　我把逛书店比作刺客出任务，也是有在万顷江水里，但取一瓢饮，某种无情与决绝的联想。而所以刺客必须盲眼，则是想令刺客身份显得特别地神秘引人，也同时有与知识海洋的迷宫浩瀚作比照的暗示；因为若欲在其间寻得出口，眼睛早已不是当依赖的唯一工具了，任你是智贤谁人都一样。

歧路花园

花瓣散尽的时候

下午的时候，在香港尖沙咀的某旅馆里，喝着从 7—11 买来的啤酒，看电视里一个名叫"橘子新乐园"的日本乐团，唱着一首题名为《花》的歌。我读着新买的书，间断地听着，偶尔抬头看向电视，听到男子认真唱着："花瓣散尽的时候……"然后又唱："啊啊，要努力成为一朵花啊……"

让我愣停住了。

人人都是莎乐美

我想着：究竟我宁愿成为那期待爱，不能得而心生报复的莎乐美，或是那个因为毅然拒绝了爱，而被断了头的施洗约翰呢？而且，他们两人究竟是谁在爱着谁，或者有谁在恨着谁吗？人间世俗的爱是不圣洁的吗？且肮脏如精液或经血吗？（彩虹呢，那彩虹在哪里呢？）那么，拒绝到底是什么？嫉妒是什么？报复又是什么呢？有谁必须相信谁人吗？

以及，到底有谁可以告诉我，谁才是真正的莎乐美呢？

口吃

我其实正在等待一个人，他会不会出现，我并不知道。（他曾经说：男孩有时真的像首甜蜜且温馨的老歌，所以也如童年记忆般无法亵渎。）他从来没有承诺说他会出现，但我却几日前就预备着他将今晚出现的心情，战战兢兢。（他说：罪是必要的，如同爱是必要的一般。）（何者优先呢？我问着。）（他说：爱与罪必会同时抵达，无分轩轾。）

等待的同时，我想一会儿他出现时，我应当要怎样启口说出我那等待的愿望呢？就对着镜子反复练习，把想说的愿望一次次说着说着，却意外发现自己竟然开始口吃了。

愿望因此显得破破碎碎的……

麋鹿

那只大麋鹿似乎迷路了。为什么呢？是那些迷宫般布置如舞台的镜子造成的吗？或者，是麋鹿自己不小心远离了森林，入到他处的冬日公园，所以突然不知何所以了吗？（麋鹿，麋鹿，你喜欢迷路吗？）（人间，人间，什么叫迷路？）（你有想去却到不了的地方吗，麋鹿？）（你有想回去而回不去的地方吗，人间？）

麋鹿，麋鹿，你迷路了吗？

人间，人间，我并不知道。

蝴蝶结

母亲不愿离去。

她假装自己还生活在这里，与我一起饮食、看电视，并帮我喂养那条鱼。一如她从来不愿我真正地长大，一直叮咛我的饮食、身体等。（这让我想到幼儿园交通车在外面等待，我因心慌而怎样也系不好鞋带，她立刻弯身为我系好漂亮双蝴蝶结的记忆景象。）母亲并不愿离开我与这屋子，她假装没有看到我，以为我因此也看不到她。这其实是自欺欺人的行为，但她反正什么也不需要，她只是还不想离开这里而已，所以根本无所谓。

我觉得我与她，就像鞋子上的双蝴蝶结，各自前后翻飞，互不相望，却完全知道彼此就在咫尺。

舅舅

舅舅病得很重，我去医院看也，他流出了眼泪。舅母说他从不流泪的："就只有两次，一次是他母亲死的时候，一次就是现在。"舅舅病得很重，他只安静躺着不说话，我问舅舅有什么话要我带回去跟母亲说吗？他惊声却虚弱地兑："不要告诉你妈……我生病的事情，她会担心的。"舅舅并不知道母亲也病得很重，母亲同样叮咛我绝对不可以告诉给舅舅知道。

我没有告诉舅舅母亲生病的事情，也没有告诉母亲舅舅生病的事情。

蓝山或哥伦比亚

早上我离开南京的饭店，到街上找寻今日的早餐。我完全不知道我想要的早餐是什么，就殖着人群走入一个地下的食物街，有面有汤有麦当劳，我还是不知道我想要的早餐是什么。然后，我看到一个年轻人，孤单地守着一个转角的咖啡摊子，神情落寞，并无咖啡烧煮的气味。

啊！就是这个，我兴奋地告诉自己：这就是我要的早餐。之后，我一人坐到外面广场的长凳，嗄饮烫唇的咖啡，回想着那年轻人轻柔的问语。他说：你真的不要试试蓝山吗？比哥伦比亚还要香的呢！

救赎者

他入到黑夜的树丛里，"以寻找救赎……"，离屋前他这样对自己说。蔓延如林的树丛，有着各样体热温暖的洞穴，无声地等待着陌生他者入来，一如夜间的幽暗植物，静静也谧谧。并且，以还愿者的慈悲，救赎所有前来的寻求者，宽容又大量。

却忽然，潮汐起落间他聆听到母亲在远方的死讯，穿透入他与另一人正相互夹身的树丛暗处。袭来如风的母亲死讯，简洁也清晰，让他一时混乱，无法分辨明白：究竟自己终将是永在此刻的寻求者，或会是那远地仍继续等待着的被救赎者呢？

黑暗与光明

那容貌美丽的女主角，不明所以并激烈地在镜子与窗玻璃上，贴上一条条的黑色胶带。我想她是想把外面的明亮世界隔离去，因此可以停留在类同死亡般的黑暗里。于她，也许光线如刀如火，黑暗反而如丝如水，光亮处荒芜且生迹全灭绝，黑暗处则丰富且乐音缭绕。

　　而且，她似乎一直不明白她就是莎乐美的事实，这使得她困惑如麋鹿，完全不知为何竟然身在此？即令美丽，也无用了。我还想着：如果施洗约翰的死，不能使她得到真正永恒的创伤，那她还会需要多少个施洗约翰，来作爱情的献祭品呢？

脸

　　来去那么许多的脸，如走马灯般流流转转，如记忆，如寄送向远方的书签，也如镜子。然而，一生需要多少脸来作记忆，来咀嚼，来切落入盘，以作为一种爱情的证据呢！脸是灵魂的简写方式吗？或者，是我们曾经存在的最后证明？

青山啼红了杜鹃

我其实喜欢看戏，却也一直看得不够多。

小时候住屏东潮州，有座人来人往的三山国王庙，广场的戏台小吃摊群集，节日时则灯火通明，各色表演都可以看到，譬如布袋戏、歌仔戏、军中歌舞队、学生表演团体，形形色色、五花八门轮番上场。

那时没有选举，没有电视，这样有演出的夜晚，气氛与情绪都是热烈难耐的。时间到时，一家大小自己携着板凳座椅，依序排排坐满小广场，静待第一声锣音响起。我曾立在台前，看高中的姊姊在台上演出过话剧，她的脸搽得粉白，念着什么奇怪的台词，与平日我熟知的模样大不相同，让我诧异难明。

在那样的时代，大家都喜欢看戏，也能情绪投入，当众掉泪或欢呼鼓掌起来，都稀松平常，也无人以为怪。舞台像是座永远神秘的花园，不断绽出一团又一团的花朵来，神圣又奥妙。

小五举家迁到台北的金山街，整条巷子院弄深锁，难得见到彼此往来，小朋友不知为何，并不一起玩耍。没有戏曲作温暖，又离了熟悉温暖南台湾的我，有着忽然萧索的感受。

后来搬到公寓房子，会随着母亲周六准时看台视下午的京剧节目，一些熟常的老戏码，几个老演员的面孔，到现在还能依稀记得。对似懂非懂的传统戏曲，因此有着某种牵系的情感。

前个周末去戏剧厅看了《金锁记》，这部由张爱玲小说改编的曹七巧故事，许多人都熟悉。戏的制作庞大，团队搭配流畅自在，三小时看下来意犹未尽。当然整个戏的重心，还是放在魏海敏饰演曹七巧的一生转折上，角色戏份唱做惊人地沉重，魏海敏不愧声名与期待，一肩挑下责任，相当不容易。

曹七巧事实上会让我想起来《欲望号街车》里的白兰琪，那种个体内在的原初情感，在对抗虚妄欲望过程中逐渐沉沦，终于步向自我世界毁败与死亡的过程，在两个同样时代里的东、西方女性角色身上，有趣地相辉映着。两个戏的重点，其实都不放在毁败过程的渲染，更在于与初衷回顾对照的反思上。某个程度上，二者都有着些许弥尔顿《失乐园》里只能前行难回首的怅然意味；甚至因此，还可以让我们思考起现代性的无限欲望扩张现象，与个体生命价值间的宏观问题来呢！

当然这样去想，可能有点逸出去太远。但是曹七巧除了作为一个自作自受的可悲女性角色外，其实有可能还述说着整个时代，在现代性过程的底层里，款款暗流的某种个体与欲望间，其实不可对抗的悲歌事实，与因之对逝去过往乐园某种怀想的哀悼感受。

魏海敏的耀眼演出，自是这戏码成功的原因，当然其他部分搭配得当也功不可没。例如将京剧与话剧文白交混，将舞台由传统戏剧的抽象性，局部导入话剧常用的现实元素，虽是成败功过可能各有议论，但确可见出导演的用心与意图。另外，戏份不算太多的唐文华，把三爷角色的坏与俊，诠释得相当漂亮，也叫人印象深刻。

这样看戏，是挺开心的。

中学之后，我与传统戏剧就比较疏远，断续看了些改编与新作的东西。近来比较有姻缘的，反倒是因为七等生的关系，开始接触了的南管戏曲，常听到的是王心心与吴欣霏，非常喜欢。而大约也在同样时间，第一次看到了张继青的昆曲，唱的是《牡丹亭》，整个昆曲的文雅细致，以及张继青的迷人风范，都令人倾倒。但那时真正撼动到我心底的，却是汤显祖那样缠绵悱恻、柔似无骨的词语。

原来戏剧的文字，也可以这样地美丽与迷人。

　　遍青山（这是青山）
　　啼红了杜鹃（这是杜鹃花）
　　那荼蘼外烟丝醉软

还有：

　　一时间望眼连天，一时间望眼连天，忽忽地伤心自怜。
　　知怎生情怅然？知怎生泪暗悬？我慢归休款留连，听这不如归春暮天。

　　春香啊！难道我再到这亭园，难道我再到这亭园，则挣的个长眠和短眠！

　　知怎生情怅然？知怎生泪暗悬？

文字与戏剧紧紧相扣，心思也仝牢被锁住。

　　后来再看别的戏，都会不觉把戏中的词，拿来和《牡丹亭》作比较，也自然有些怅然若失，好像什么期待没能填满似的。这许是不该的，汤显祖自是汤显祖，与他人并不相干，也没有道理要一起相比较吧！

　　但真的还是觉得他的词好，迷人又不拖戏。

　　数年前一个旧历年，独处家中，翻读了莎士比亚的《罗密欧与朱丽叶》，是梁实秋的译本，中英文对照着看，入了迷地一口气读完。出乎我意料的，居然莎士比亚剧本的文字，是这样地好！我当然不意外他的剧本好，但我着实被文字的优美性吓到了。

　　那几日寒流袭台北，我窝在屋内，也无事可做，就异想天开改写《罗密欧与朱丽叶》译本，用意想写个短的独幕剧，可以三个人用四十分钟，在家中客厅就演完，让亲戚朋友来看。然而其实更大的动机，是想要去试着捕捉莎士比亚原作中那样精彩迷人的文字。

　　就年节三两天地写了这微型译本。

　　现在翻出来再看，有些难为情，毕竟翻得匆忙，文气重了些，也有些草草了事的意味。但既然提了，就抄来看看：

> 但是为什么……
>
> 纷乱的爱，纠结的恨，全非原来样貌了。
>
> 啊，沉重的轻盈、严肃的虚妄、混乱的整齐！
>
> 铸铅羽翼明澈烟雾冰寒火焰与憔悴的健康啊！
>
> 是醒着的睡眠，全然不是本样了。
>
> 这是我仅知的爱情，无真实知觉的爱情。
>
> 你为何不嘲笑我呢？

有些上了旧瘾的，再来几句吧！

> 不，我的兄弟！
>
> 新火终将烧尽旧焰，新伤也将掩去旧痕。
>
> 唯有旋转才能止住晕眩，
>
> 只有忧伤可以治疗忧伤的绝望，
>
> 为你的眼蒙上新的迷障吧，
>
> 积存的毒汁必会消逝。

发觉自己其实一直颇着迷于戏剧里的语言。

但是现代戏剧似乎某个程度有着反语言的态度，或说是反对语言里的文学性。这原委我并不明白，但有时看着视觉缤纷夺目的戏时，竟会暗自怀想着婉约的语言来了呢！

戏剧具有可以使现实离地三尺的威力，语言只是其中一对极美丽的翅膀，像戏剧的其他部分一样。

因为，任青山都是能啼红杜鹃的，不是吗？

客旅生涯不是梦

对于旅行，总是千般恨不消的，既爱也恨！

召唤依旧源源不绝，然而年岁渐增，慵懒疑虑日起，总在去与不去间，流连忘返；回顾往昔，自己曾经那样轻身时光，念头与行动同起同出，不免欷歔了！

是啊！那曾经的远方召唤……

对旅行踌躇归踌躇，这个初秋，毕竟还是去了趟向往已久的伊斯坦布尔。也转去滨靠黑海的远处某小镇两日，入住临马路古旧旅店，木楼梯走上去伊伊呀，房间地板斜斜倾圮着，可以读出昔日的辉煌。说是丝路年代必停必宿的夜栈，说那时一个旅栈到下个旅栈间，艰辛危险，旅栈除了供给温暖食宿外，还要镖局般负责住宿者安全入到下个栈点，否则得负责赔偿宿者的所有财物损失。

原来，龙门客栈并不是胡金铨瞎编出来的，人间真有侠客与大盗呢！

小镇虽然见得出努力想振作观光事业，散出的萧条味历历可闻。丝路大道黄土依旧，想这千古来都不变，只是驰来去，易成许多狠

飒的卡车。全镇最是豪华的，大约是镇中央小广场上，挺帅制服、
倾身与仰慕女孩聊天的警察了，他身边雪亮亮的重型机车，侠客般
在日光下闪闪生辉。

是今之侠者吧！

那样曾经旅者络绎于途的年代，其实也是人类文明正灿光四射
的时代。某个程度的，不能不让我联想到当今世界来；就有一个我
熟识的建筑师，说他一年有三分之二的夜晚，是宿在旅店里，又极
爱这样客旅的滋味，坚持夜夜都要宿睡不一样的店。数载生涯下
来，如今大概唐璜般，红粉的旅店知己满天下了吧！

这样的人我认识还不止一个。

事实上，我们似乎不觉间游牧般又必须客旅着自己了。不管是
休假、工作，或是身体、心灵上的，坦坦丝路再次召唤我们络绎于
途。因此，那等待在终点、如家般的旅店，在时代里的角色位置，
就越来越显重要了；因为旅店所代表的短暂与瞬间，或者比所谓永
恒的家，更贴近于真实的人生，也更能抚慰旅者那疲乏的身心。

本来，客旅生涯原就不是梦！

不爱飞机场

对飞机的印象，始于出生的屏东县潮州镇。

那时一家住的是父亲任职的官派宿舍，房子说是日据时代遗下的农会什么的。盖得极大也堂皇，里面住了约十户人家，是用日本人极擅长的洗石子筑起来，二层楼巍巍然有种威武的气势。

我爱在中庭宽大的敞梯游玩。半户外的楼梯共转两次，每次转折都铺出大片可嬉玩的平台。从高些的平台可以俯瞰下去，听几个洗衣妇在中庭洗台边，工作与嬉笑相交织的对话。抬起头，远处无际蔗园上空，晨时肥硕的飞机缓缓列队飞过，机尾跳出一颗颗白圆球，乍然绽成优雅垂降的白伞，悠悠飘落入显得蔚蓝蓝无心思，美丽的我的记忆布幕上空。

"那是伞兵在作训练。"稍长时他们对我这样说明着。

我极爱这景象，会独自攀上梯边的矮墙，想象自己是空中正滑行的伞人，双手横张走索一样的危危步着，大半立刻被某洗衣妇视见，尖叫吆喝声里仓皇下落来。后来，父亲出差去到台北甚至国外，回来对我们述说搭乘的飞机与机场种种景观，让我聆听不觉张嘴，对那个显得无限遥远的世界，露出饥慕的感情投射。

　　小五举家搬到台北，之后入住才初开发的民生小区，那时从光复北路过来没多远，一直到基隆河边都还是绿油油的稻田。刚完工排列的四层公寓空荡荡，没多少人家住进来，我常上到空寂的屋顶平台，坐看北方并不太远的松山机场。当时那是台湾唯一的国际机场，显得庄重的各式飞机日日起落，接续勾勒起正迈入青少年的我对机场无限驰骋的遐想。

　　上大学念的是建筑系，对机场的看法也逐渐从纯然的浪漫，转回到务实的世界里。第一栋在现代建筑历史上，吸引我目光注意的机场，是由死于五十一岁，对养成期漫长的建筑人而言算是早逝的芬兰裔美籍建筑师埃罗·沙里宁（Eero Saarinen），在六〇年代初完成于纽约肯尼迪机场的 TWA 航空站。

　　这个外观很像一只正要振翅离地而去的大鹏鸟的机场，一落成就造成了全世界建筑界极大的注目。首先是它轻盈动人的有机造型，让自战后就充斥着重复类司方玻璃盒子高楼，正陷入极为沉闷"国际主义"泥沼里的建筑界，好像忽然找到了一个可以呼吸新鲜空气的窗口。而且沙里宁以自由躯体美学，对抗当时极度理性化的风格，不但大胆挑战时代的偏颇，甚至让人称誉这座机场，是"喷射航空时代里，高第式巨型雕刻的再现"，好像是庆幸神灵终于再现人间似的。

　　整个机场是由无数的由面体所构成，鸟禽腹腔般的内部空间，给人空间不断在流动的强烈视觉感。在当时那样没有计算机可辅助绘图，并作结构计算的年代里，这案例无论在施工技术或设计绘图上，对参与的团队都是极大的挑战，因此其成就也更值得尊敬。

沙里宁之后随即又完成了在华盛顿特区的杜勒斯机场。这个机场也是以巨大的弧形（有如微笑上扬的唇线）屋顶，传达一种与有机非理性世界作对话的意图，结构上采用挑战度高、可以提供大跨度的悬索构造，整体视觉简洁明快也优美，是战后另一成功的机场作品。若与 TWA 航空站幽默愉悦的个性来相互作比较的话，杜勒斯机场则显露出比较贴近政治个性（首都机场）的端庄与气派质感。

晚杜勒斯机场十余年完工的中正一航站，其实在造型风格上，很有嫌疑是直接抄袭杜勒斯机场的。这是台湾在过往某些公然抄袭西方（或日本）建筑不良风气里，十分明显仿冒行为的最佳实例，只是居然会把这样大的模仿作品，当作出入门面，实在是贻笑大方到几乎是辱人辱己的地步了。

杜勒斯机场同时也是第一个采用专门车辆，将旅客直接送往登机坪的机场，这确实很反映出机场的忙碌。因为喷射机的出现，长程旅行相对显得容易，以及资本主义主导下的国际商业与旅游交流大增，加以世界大战的阴影逐渐消散去，国际机场里的出入人数，开始天涯若比邻地大量增加，城市以及跨国间的联通，正式由机场登基成为主要串连者。

机场自那之后益发蓬勃，也同时开始扮演某种政治性格、类同政治门户的场面角色，作为炫耀的最佳第一打击手。除了机场内接驳旅客的方式多元化，如小巴、电扶走道、轻轨车等，建筑造型竞相摆弄风姿外，机场也逐渐转型成复合的功能，不仅要提供乘客搭机的服务，相关的其他服务，不管是旅馆、休息、娱乐的种种构想，也越加越多了，机场的角色有明显由政治门户，转到商业利益的倾向。

现代机场正逐渐发展成有如小型商业城市，人在里面几乎要什么有什么，衣食住行娱乐样样不缺。但是人似乎相对地因此更显渺小不可见，若非熟门熟路者，出入时很可能会有刘姥姥于大观园，既唐突戏谑不安，又相互不可或缺，那种嘲讽兼欢欣的神话寓意出现来呢！

这说法，可能香港的赤鱲角机场就是个好例子。这个由英国天王级建筑师诺曼·佛斯特爵士所设计的机场，可能是东亚自九〇年代起，这股重建或增建新机场竞争风潮里，真正拔得国际注目头筹的（中正二机场大概是垫底的）。

赤鱲角机场除了在建筑风格上，没有辜负让人瞠目、咋舌引领风骚的期待外，整个角色定位就有上述更趋靠向商业目的的思维倾向，对出入使用者（消费者）的需求，有着更人性化与贴心（或贴近荷包）的考虑；另外也可明显看到赤鱲角机场所具有，在东亚的空域及地域位置上，想要争冠冕（并压倒他者）的雄心与壮志。

但是这样争顾客与争空间权力的双重目的，也是其他东亚机场，包括中正机场，雅加达、上海、首尔机场等，都同时在做的事情。这当然也真切反映出东亚大城市间，既联合又竞争的本质关系。

我现在对机场的观感，当然也早已不再如儿时那样的浪漫与纯情了。事实上，伴随着我的建筑知识以及旅游经历，双双与年龄并增的积累过程，某个程度上，我对机场也越来越没有好感与兴趣了。

是的，虽然新起的机场依旧不断涌现，但是我现在已经完全不喜欢去机场了。我开始强烈地感受到，机场内固然服务越来越丰富，但那种冰冷与孤寂的冷漠气息，也越来越强；正要离去与正在归来的机场人，似乎都逐渐失去自己的真实温度，露着一张张冷血疲惫的脸，并且在某时起，全部登机证般地化身成了无感的某种通行物了。

机场或者很真确地反映了人类社会正趋向某种疏离茫然空洞性的实情。而正是这样的感受与认知，让我越来越排斥去机场，因为我完全不喜欢成为那样单一的无助个体，面对着庞然的复杂建筑，并被许多机器蹂躏检查兼控制的感受。

我和朋友抱怨过这样的感受，他就说："你只是老了。"

是吗？我固执地不这样想。我真的觉得机场是极怪异的一种建筑与空间形式，那么大量的人被那么不舒服地放置在那么拥挤的空间里，都同时在等待着，等待着，一直冷漠长时地等待着……

太奇怪了吧！

我比较记得并觉得可爱的，并不是这些正在争胜的现代华丽版机场，反而是一些落后的机场，例如哈瓦那和河内一出关，就迎面的无数国旗，多么天真与老旧的国家想象与操作啊！令人不能不觉得可爱的失笑。或是阿拉斯加机场那只可以合照的巨大北极熊标本；拉斯维加斯候机时让人依旧不能歇手的贴心赌具；凤凰城机场忽然关闭，说因为太热使空气稀薄，无法载得起飞机来；还有八〇年代末期，我见到昆明机场跑道围墙外，看着飞机降落兴奋不已拍手欢呼的孩子们。

是那些让我觉得有些不完美、却也因而有些人性的机场，最留驻我记忆底层。

也许我的朋友是对的，我只是老了。但是我不会因此否认我的真实感觉，我就是不喜欢那些不能激起我想象，不能让我心胸温暖的机场，不管它有多现代、多高科技都一样。

我依旧相信我的感觉。

我就是不爱飞机场！

夏末最后的窗子

一九八五年夏日将结束时，在费城我拿到建筑硕士学位，开着一辆租来的车，茫然往芝加哥驶去。那时，我身上几乎没有任何余钱，身体状况很差，不知前途何在，又因为一段暧昧的情事干扰，心情几乎回荡到了谷底。

当时是大学的好友吕，电话那端鬼魅骚动着我："快来芝加哥吧！你知道，每天傍晚我们都在湖边喝酒和游泳，远远眺看美丽极了的城市天际线，又快乐又棒，你快来加入我们吧！"

后来，我在芝加哥住了四年半，虽然从没真的在湖边喝酒游泳逍遥过，但我的人生却也因为这一瞬时决定，而有着巨大的改变。

初抵时我工作暂无着落，先入住芝加哥大学附近的海德公园区域，这是在南边被黑人小区团团包围的一块"白领岛屿"。然后接了重要保钓人物林孝信新书店（士林书店）的施工工程，我的责任是把一个书店的空间与设备弄起来，这包括要制作一百多个木书架。

我用一个公寓地下室，当成临时的工厂，和几个路边找来无业的黑人，一起忙碌地量切敲钉起来，最后顺利完成工作，也与这几人结了有趣的情谊。一次，还被邀请进入其中某人住的庞然公寓（另外的说法是低收入社会住宅），穿走在像王家卫《重庆森林》的场景里，毛骨有些悚然，最后带我去堆满电视等家用品的屋子，问我有需要什么吗？我知道这全是赃物，赶快婉谢走人。

另一次，是夜里散步经过工厂所在的地下室，发觉屋里透着光，走近去发觉锁被开了，以为有人来偷木材，就静声步入地下室长廊。最后转到暗着的大空间，看见有一群黑人男女，各执一蜡烛地绕圈环走着，嘴中喃喃说着什么，圆圈中央躺着一个男孩，气氛极其诡谲阴森。我人立着傻了，然后有人发现我，一声吆喝全转目瞪过来，我拔腿立刻奔出去，大气不敢出地跑回到宿处，恐惧与震惊交加，隔日就大病了一场。

但这样切身与低收入的黑人共处共事，甚至亲眼见到某种地下宗教的进行（那时我一直有着男孩是牺牲物与死者的错觉，现在年岁大了些，明白其实可能只是一种治疗、祈福或是驱魔的仪式罢了）。然而这一切，对于当时依旧笼罩在过往台湾封闭世界观的教育里，也才初到芝加哥的我，有些像是忽然袭来的雷击，因而探出头，所以窥见另一个从来不明白也不身属的世界，深刻也难忘。

同时间与林孝信有比较密切的往来，也参加由他主持、几个如我一般留学生所组成的读书会，读的多是些左派经典书籍。我印象比较深的是读《资本论》，参与者到中段几乎全都消失，常常就剩我与老林二人，他依旧津津有味，神色不改，很认真对着我一人私塾般地仔细解说，有着使者与信徒那样热切的态度，我现在仍然清晰记得，也深深敬佩。

另外，因为林孝信曾是保钓核心分子，为此不但放弃了芝加哥大学的学业，甚至被台湾当局吊销旅行证件，成了飘荡者。我因此在逐日平常的往来里，听闻与接触到关于参与保钓的人与事情，让我仿佛窥视到一段台湾人隐蔽的身世，顿生好奇与神往。

老林也会叙述一些过往的来去事，甚至让我自由进出相当丰富惊人的书房，翻阅繁多完整的当年保钓出版刊物。于我，这些当年的年轻台湾学子的言行思想，尤其会让我联想起六〇年代在全球各处风起云涌的青年运动，也暗自欣慰台湾年轻心灵的并不缺席。虽然，保钓运动原本与世界青年运动互通的爱心、正义与公平气息，后来逐渐有着强烈的民族意识，尤其晚期所出现的两岸统一和"台湾独立"路线分歧，让我读来隐隐不安，似乎已然嗅闻到尔后回绕两岸数十年仍然不能解的政治纠结点。

那时有些感伤地想着，难道即令是青年初涌的热血，最终依旧必须是浇灌到政治的花圃里的吗？

同时间，老林的华文书店庄重地开张了，一开始的书籍大约有三大类（左派的政治书籍、台湾当代文学、大陆当代文学）。我立刻被过往较少见到、"文革"后新起的大陆文学吸引，借着书店的积极进书，我大量阅读了包括张贤亮、冯骥才等人的作品，好像让我在熟悉的七〇年代台湾文学（七等生、陈映真等）之外，瞥见了大不相同的另一种华人文学风景。

之后，我找到在大型跨国建筑公司的工作，迅速举步迈入当时以为的道路，不自觉模仿着某种白领的举止，背对着台湾，朝着不知终点何在的方向走去。同时，我也换了间仍在海德公园区的公寓，认识一位仍在芝加哥大学读书、夜里在乐团当鼓手的室友，彼此往来频频对语密切，开始启程戈某种波西米亚的生活方式。

一九八五年那时的美国，英雄般的里根连任了总统，共和党的声势贯穿整个八〇年代，艾滋病悄悄地蔓延着，人人自危。而更严重的是，那曾经辉煌过的六〇年代的梦想与爱逐渐远去，青年人的栖身处，似乎渐渐就只是现实里的存活与功名。

即令如此，那个异乡的夏末，在我的生命本当转折的时候，几扇窗子却忽然如花绽放来，如天启，也如寄语。如今回顾，我觉得那应是那个夏日的最后祝福，透过几扇轻启的窗子，悄悄递入几支红艳艳的长梗玫瑰，让我借以瞥见余生里恒长存有的那片蓝天。

神话正在显身

　　我看蔡明亮的电影，部部都像寓言，彼此相互牵串呼应，如林中莺燕自由穿梭，召唤着一个隐隐的神话显身。

　　《黑眼圈》一如他过往的电影，缓慢、哀伤、疏离、背叛、沮丧——持续交织。爱情依旧恒久流动与难以等待，情欲依旧不是解决生命困境的妙方，阴气森森却依旧不见鬼魂。

　　时间空间在片子里伸展着难以置信的魅力，领我们成功对抗总是逼人难逃的破碎现实，暂得安身。注目处，是平凡的人与对象，同时也因他心神的关爱，圣化了这许多受苦的人与物；呼唤处，是款款流动自我生命的溪河，勇敢真切，无动于衷，如正观看着某溪流沉浮众生的驻足他者。

　　又借着引我们入到他的梦境暗处，让我们在端处见到自己的影像在水中显现，绝对荒谬又绝对真实。先知般不停歇地编织着犹未最后显形的神话与古典，既不脱逃，也不得祝福……

　　如果，神话的消逝令人必然哀伤，那么蔡明亮便是以他的电影，使我们重获童年般的爱与批判勇气。他再次点亮这盏神话的灯，许诺我们一种人间现实外的闪亮可能。

　　谢谢你！

移动，在寂寞的地方

这个老人立刻吸引了我的注意。

他的脸是那么寂寞。可是他的衬衫与外套，却竟然是同样的花纹，露出一种百合般精心的讲究。他望着地面，好像正在想着什么，或是什么都不想。背后两栋同样孤零零的房子，一个被日光打亮，一个还罩在暗影里。

从反向行驶车子、摇下的车窗看出去，观者成了匆匆而逝的异途过客，无意中瞥见某个清晨路上，真实、荒芜也孤独的生命之神，偶然坦露的短暂面目。

老人让我想到《裸体午餐》的威廉·巴勒斯（William Burroughs）。

都有隐着什么恶意的僧侣神情，以及依旧在对抗死亡还是上帝，那种绝不屈服的骨架姿势。

就只能……继续移动着生命，在宿定必然寂寞的路上。

鱼们

鱼，让我想起猫。

然后是死去的父亲，以及老迈不堪、几近目盲的母亲。

母亲年轻时姿貌、个性都盛放强横，屡屡自信地对我们说：

"我就是吃亏没读足够的书，要让我读了像你爸那样多的书，哪里会像他现在这样没用，……要不是当初你外公不让我……哼！"

并不哀怨，一切都理所当然得近乎欢喜。

父亲极爱猫。母亲却绝绝不准家中饲养任何宠物：

"那些有毛的东西，脏死了！不许……谁都不许养。"

父亲就只好养了一缸没有毛的热带鱼，并不止停地养着那缸鱼到死。

我自有记忆就记得家中有一缸鱼。

先是我童年的潮州。那时在镇上养热带鱼，大约是极稀罕的，会聚来许多大人小孩观看。父亲周日就勤快换水洗缸，我们三兄弟都要一起参与帮忙，但父亲很快看出我淡淡松脱的动作，温和个性的他会叫我不必做了：

"没关系，你不喜欢鱼，没关系就坐那里看，我和哥哥和弟弟做。"

渔具设备听说都得到邻近大城才有得买，而喂养的红虫，是父亲办公室工友固定去那条臭大水沟新鲜捞来的。

我喜欢一人立在高过我头颅的鱼缸前立望，下午黄澄阳光打入长窗，五彩的鱼安静游着，我也安静地看着。时光显得悠长而且幸福。有时邻家的斑猫会先我而来，身子老长，双足攀挂缸上，鱼们不安地窜游着，我并不打扰谁就立在门缘远处望着，然后猫忽然也回头望视我，目光有些不甘心，喵一声落地走了。

猫并不怕我，它只是明白这毕竟是我家，不是它家罢了！

父亲死后，那缸鱼不知何时也消失了。

我自幼不甚爱吃肉，母亲便断定我爱吃鱼。

"他喜欢鱼，不爱吃肉。"

那时我并不懂，便信了妈的话。

但我其实怕腥味，也怕极了吃起来太软太怪的某些鱼部位，譬如肚腹、皮、头或尾（基本上只吃肩胸那块），但我幼时个性胆怯怕招人耳目，若有人注意着我落筷吞食动作时，便会屏息不声色地把一切都吃落去，恍若无事，不让人察觉。

虽然怕鱼腥味，但我却极喜欢同母亲一道上市场，尤其爱到唯一的鱼贩摊子去。那时大家都比较穷，母亲是少数有能力日日买新鲜海鱼的主顾。鱼贩笑脸看母亲用指头戳着鱼肉肌理弹性时，我便愉悦浏览正行列候我的鱼们，这些鱼漂亮华丽，排列整齐，姿态神色也自尊傲然，比起鸡贩猪贩那样血淋漓的不堪景象，不仅远要赏人心目，甚至有天堂与地狱的差异想象呢！

鱼贩会用油绿大叶子裹起住，再用细草绳熟练扎绑打个可提握的结，交给快乐等候一旁的我；后来他就改用报纸了，但我一直不喜欢报纸显得黏湿、色泽也灰暗的感觉。母亲通常最后才买鱼，搁放篮子上方免得压到，再买鲜花置在鱼上方，便两人愉悦回家去。路上会先停冰店，买一支棒冰让我吃，边走边吃着想起图画书里那总是背里窜来、偷偷衔走篮中鱼的恶猫，就急忙也担心地抬脸，看着一手提菜篮、另一只手打花伞母亲的脸，但是她完全没有注意到我担忧的神色，继续昂昂前行。而我的忧虑，会奇异莫名地转坠下，思往这一切或将永消逝的景况去（若是母亲某日就不见了，我要怎么办？），立时停止吃食棒冰，泪水盈眶起来。

母亲此时就女神般不令人失望地停步，优雅回转来，说：

"怎么了，你不爱吃这种花生口味的吗？"

看我低头凝看双足不语，又说：

"还是不小心踩到石头扎了脚呢？"

我摇着头，忍住不让眼泪流落下来。

我虽然继续吃鱼，却完全不懂得如何烧鱼。在美国凤凰城工作时，有一来自广州的年轻同事，喜欢周末来我处烧鱼一起吃；他坚持一定得老远去华人店买回活鱼，在我干净的厨房，用厚重菜刀背，把蹦跳的鱼敲打死在几上，然后刮削鳞片，砰砰剁切起来，姿态神情虎虎生风，我一旁见红珠血液一颗颗溅上干净的白墙，心里有些难受。

年轻的广州同事极能煮鱼，吃得开心之余，也曾好意教我如何煮鱼。其中的大蒜豆豉蒸鱼，是少数我到现在还能搬弄出来做做并唬人的一道菜，只是我自然用的是超市清理好的鱼，而不是他坚持非用不可、见血见肠肚的活鱼。

凤凰城的公司，一日忽然调我回台湾，参与设计在垦丁车城的海洋生物博物馆。那时我与现在的方力行馆长及许多年轻海洋专家一起同事，不但见闻了更多关于鱼们的美丽故事，也更明白了台湾水域的风采华丽。我还记得那年的年节贺卡，自己绘了一张各种鱼族自海洋跃出，围一圈与星星月亮共嬉玩的快乐图景呢！

我并没有全程参与海生馆的设计，后来就离开回台北自己开业了。但设计过程，许多鱼们共优游的景象，却根留脑海不忘去，例如曾听西雅图水族馆女馆长，一次说起他们馆有一圆厅，四周和上方全被鱼水包围住，有时会将这厅房，夜里租给过生日的小朋友开派对，或是让新婚男女度初夜。

这景象我虽没能去亲见，但想起来却觉得浪漫不能忘。尤其是想象正相爱新婚的男女，初夜时裸身躺床上，鱼水四绕悠游自在，这样迷人的景象记忆，在日后因现实争执不下时，当是可以作为某种使彼此愿意再多忍让一些、多退后一步的良剂妙方吧！

大学读淡江，喜欢与同伴去北海岸游水嬉玩。常去的是福隆，那时大家都皮，会相互钻潜入浑浊的水中，扑捉同伴们不觉的双足；这样的游戏里，偶尔会意外见到一些不大的鱼穿游过眼前，嬉戏中也同时真切感受到鱼与自己身体的关系。鱼们似乎不再只是存在鱼缸、餐桌或鱼贩摊子上，那样若即实离的遥远陌生距离，一切都真切地贴近来，而会时时来叮咬的水母，不仅叫人难以忘怀，更是加深这种切肤的感受。

几年前，有机会去了中美洲的洪都拉斯，并开车四处穿游。在此国北边有三个世界级著名的潜水度假岛，这当然是因为加勒比海天赋的迷人天候与礁岩温床，所铺设出来绝佳四季皆宜的潜水环境，而此处许多不仅物美更是价廉难拒的潜水教室兼旅店，更使人如入温柔乡难回身。

我绝非柳下惠，自然也乖乖无悔地参加了一个共四天的住宿课程。我住的这间旅店，是一个日裔小个子漂亮女孩开的，军营样隔成小间一字排开架入码头的房间，就只单窗、单床、单灯、单电扇，有一种细小不可见的蝇，会在入夜前现身，可以穿袜子叮得你手脚难耐起红泡子。

第一日岸上与浅水的操作后，隔日就入到约三米深的水底做演练，在那里我一边循教练指示动作，一边开始发冷地寒战起来，顶上幽微不明的光源，也让我越来越觉难受，终于向教练作势地离水返岸。在岸上等候他们完成课程时，忆起童时搬到台北，初次使用淋水蓬头，水流漫天盖下，必须合眼闭目，那时的惊恐闭锁感受，方才水底再现，后来任教练怎栏劝说，也拒不再入到水里。

余下几日，就晨起目送其他学员搭船出海，自己悠闲躺卧吊床，碧海蓝天，读着小说，黄昏看他们同船疲倦兴奋归来，一起到对面马路用火炭烤鱼的餐厅啤酒晚餐，听他们谈一日见到各色奇异迷人海里鱼族，也津津乐在其中，众人都为我惋惜，说我入宝山却空手回。

我其实并不这样觉得，我只是逐渐明白我喜爱鱼们的方法，并不与他人同。像自幼爱赏嬉缸中游鱼，却绝不爱饲养照料它们；爱去市场看林列新鲜鱼族，却未必真心爱吃食；爱听闻、知晓海底美丽鱼们无数故事，却未必有兴趣潜入观看。

总之，我觉得我喜欢与鱼们隔水互观望，却不想弄湿、弄腥了自己。

但是步入中年，脾性气质也可能会不觉自改。像我隔时会去弟弟开的餐厅，点新鲜生鱼片或优质牛排，弟弟偶尔见到会诧然，想我怎么如今反会爱鱼爱肉至此，别人都是荤食越吃越减，我怎么习惯是倒着长的。我就顺水说，是因为你们大厨做得特别好，在别家我也还是不吃的。

其实，是平日在家懒得自己做荤食，又难得出门，逮到机会自然得补补蛋白质、矿物质的，就算因此必须茹毛饮血，露出筚路蓝缕本性也无妨。

鱼们虽然无足，但我明白，它们静声、优雅、冰凉、淡然、乐天……都是我喜欢的品行。

我当然因此喜欢鱼们，胜过所有那些双足或四足的兽们了。

创作与孤独

作家斯坦利·库尼兹（Stanley Kunitz）在文章《召唤与出航》里开宗明义地写着：

> 在亨利·詹姆斯七十岁时，一个年轻人给他写信请益，问是什么样的力量或因素促使他踏上艰辛的创作旅程。詹姆斯的回答充满激越与热情，仿佛从地下深处喷涌而出。
>
> "促使我踏上艺术之旅的，我想，是生命本然的寂寞——生命的寂寞像引导我出航的港口。此一寂寞啊——还有什么比他影响我更深？深过其他任何东西，深过我的'天赋'，深过我的'纪律'，深过任何骄傲，更深过艺术。"

他接下去就描绘年轻时他自己的生命：

> 每当我想起这段话，我便想起二十二岁时的自己，那是一九二八年初，我拎着一只装着我所有家当的手提箱，从麻州沃

塞斯特搭火车到艺术之都纽约，在那儿我急切地投身艺术。

在独处的房间中他写下了一首又一首的诗，并整理出版了他的第一本诗集；虽然独处造就了他的艺术，库尼兹同时在文章中说明艺术家本质中，也有着需要与他人对话的需求性：

多数艺术家——尤其多数诗人——需要并珍视孤独，但他们也需要、珍视同侪社群的意念。

对孤独与同侪社群同时存在的两面向需求，也很真切地反映出创作真实情境——是一种在出世般思索与入世般实际存活间的摆荡。

当然任何艺术创作的本质，绝对都是孤独的，需要一个相对完整、不受干扰的环境来达成创作目的，但同时又要能与同侪社群不至于太过离异以能交流沟通。在我自己如今生命的回顾里，从二十余岁开始，我一人住居芝加哥任职建筑公司，从自身与异国社会疏离边缘的位置，开始我长久至今的创作，一直到现在住在显得有些偏离的台北东湖，似乎整个生命面向，还是在这两极间作调整，一直没有真正改变过。

在享有城市所提供不虞匮乏的同侪社群环境之余，内在对于能找到一个良好环境以思考创作，这样类同孤独的需求，一刻也没有休止过。这大概也就是如库尼兹所言说的"安宁、秩序与迫切需要的隐私"。

萨特在他为法国著名边缘作家热内，完成于监牢的孤寂中的小说《繁花圣母》所写的序，曾经描述热内创作时的孤寂：

> 社会排除并阻热内于外；这使他远离一切。他一起始就被迫进入到孤寂中，这种孤寂是神秘主义者与形而上学者极其费力才能获得的。

萨特继续说着：

> 当他在纸上创造着想象的世界时，始终维持着对这世界敬意的距离。那是排拒他的遥不可及的世界，距离的遥远使它的整体性显现出来。与外在世界缺乏关联，成了这个创造者能独立于创造物外的证明。虽然伸手即可触及，他仍与正在塑造的物品维持分离关系。在想象的世界里，绝对的无能变成了全能。

当然热内因疏离而生的孤独，使他得以成就个人的艺术创作，但也呈露出他个性中不欲沟通的本质。生于十六世纪同样是法国的蒙田，在他《随笔集》的《论交谈艺术》里，就曾提到他认为这样彼此间交谈的重要性，他说：

> 依我看，训练思想最奏效最合乎情理的办法是与人交谈。我认为交谈是比生活中任何别种行为都更令人愉快的习惯，因

此，我如在此刻被迫做出选择，我相信我会同意失去视力而不同意失去听力或语言能力。雅典人，还有罗马人，在他们的柏拉图学园里就曾以保留语言练习课为荣。

也说明着另一个面向的不可或缺。

创作与孤独的关系，或是难以确定说明的吧！即如王维诗句所说的：

楚寒三湘接，荆门九派通；江流天地外，山色有无中。

本就如山色，永远存在虚无缥缈间。

单页风景

会被某些事物不明地吸引。

那感觉其实有些接近行道独走时，忽然被对面走来气质殊异、未必美丽与英俊的陌生人吸引的感觉。于是，当下眼与神俱张，忽忽才觉得陌生者的靠近，却即是风景留影般远逝去。头尾皆匆匆。

初到这家店，就奇异有这样的感觉。

但其实我并不常去，完全不是熟客。每次进去都仍被以新客作接待。我对他们的菜色也不熟，通常是餐前或餐后，人尚不拥挤的时刻出现，点杯冰白酒与刚出炉的朴素面包，或者加些起司与橄榄，独独一人吃酌地消耗时光。

我喜欢这地方散出一种允许你独存的自在与尊重，像他们那些各异的桌椅与穿梭的各种工作者，每一个人都用自己本来的样子活存着，并完全不去迎靠谁。一种依旧皆是和乐的遁世氛围弥漫着。

长台后的烤箱与高个子主厨同样也奇异。

一个周日早上，和某人去吃 Brunch，见到另种丰盛的欢愉。坐院子木桌，有阳光与绿枝满桌满碗，人声纷杂，时光悠长。那只邻

家的猫用鼻嘴磨我脚，他们给我喷雾水器，说喷去它脸即会离去，
却不知当做否地犹豫着。

（正是阳光明媚日呢！）

我并不常去这店。

会担心这店或如那些陌生行者，一靠近去，就成了记忆里单页
的风景了。

游牧的男人、农耕的女人

男人几千万年下来，未进化也未退化，但就是弄不懂女人。女人也是一样，从来没弄懂男人。

可是，他们又并不那么真以为对方有什么莫测高深，甚至反而会在和自己的兄弟档与姊妹淘独处时，大辣辣地以取笑对方的低EQ为乐。但是极其讽刺的，这样一个低档的对手，却老是让自己屡战屡败地挫折不已。

为什么呢？

所以会如此，当然不是因为他们来自不同的星球，关键处反而在于男女在人类演化的地球历史过程里，太轻忽了性别基因的角色重要性了。这话怎么说呢？我事实上觉得男人与女人的角色关系，其实和人类的社会演化历史息息相关，也就是说人类从渔猎的穴居文明，到游牧文明、农耕文明，乃至于现在的工业文明，不只社会形态整个转换，男女角色也面临同样的巨变与调整。

本来男人女人的关系定义，在每一种社会文明里都是不一样的，而且更重要的是，每种文明里的性别角色位置，在面临转换并消失后，都依然以基因的方式，潜藏在人类的行为模式底层里，只要一有机会，就蠢蠢欲动地跃然欲出。

这样前朝的旧性别角色基因，在文明更替的时代，就尤其地活跃难安，并因此制造了无数与新基因在主从角色间的复杂与矛盾现象。以眼前我们所面临的状态来讲，就是在人类历史里千载难逢的特殊点，因为我们正处在农业文明逐渐消失，并被工业文明所取代的时代里，也就是说旧有农业社会里的男女关系，正在被新起工业社会的男女角色所取代。

那么，农业社会里的男女关系，与工业社会的男女角色，又有什么差别呢？

基本上，工业社会弃绝了农业社会赖以为价值主体的土地。也就是说，农业社会的一切价值观，是以世代承继不迁不移的土地与父权为宗主的，不管是家庭、婚姻、爱情与性关系，都以维护这永恒土地价值为前提作衍生，因此单一配偶、永久、效忠与大家庭是被崇尚的价值；而工业文明的价值并不来自土地，而来自自身单体的生产价值，并且期待每个人都具有如游牧民族般，可以逐水草而居的机动力，以强化个体的生存竞争力，于是轻便自主、无承诺、反责任、非永久、不固定，成了常态的价值。

也就是说，工业社会男女间的新关系，正不觉慢慢向游牧社会靠近，远离农业社会的旧模式。

那么，游牧的男女关系是怎样呢？

远的已不可考，就拿现在还留存在北极圈内外的一些游牧族来作例子吧！在那片森林与冰原的大地上，犹有许多不同的游牧族（与渔猎族）出没，有的将家与营生分离，自己随水草与牲畜而居，只在定时定点与家人相聚（多像现在百万余名身在大陆的台商），于是彼此的忠贞度与婚姻关系，只能烧香拜佛自求多福了。

另外一种，是北极冰原里更潇洒的单身不婚族。这种游牧者与牲畜，在经过渔猎或定居游牧族的房舍时，会短暂借宿一或数夜，而屋主人可以在夜里献出妻子或女儿，给这些单身族取暖过夜，之后彼此潇洒分手，但也有因此携屋主女儿共行的。屋主的行径看起来不可思议，但从基因多元优生的观点，就可以很容易明白；另外对游牧族来讲，婚姻与交配所代表的意涵，并还没有被定义得如农业社会那么的财产化（就是说在农业社会里，交配权也是财产权的一环），所以游牧爱情贴近本性的成色，自然可以稍高一些。

现代男性已开始意识到已身必须游牧化的呼唤，因此在爱情行为上，也就有弃农业旧价值，入游牧新价值的倾向，例如拒婚，想做爱但不想负任何责任，不要小孩，不要太多身外缠身物；女性其实也一样，但社会整体价值观演化太慢，赶不上已游牧化的工业社会，还停留在以单一男性为宗主的农业时代，因此易受社会群体价值观桎梏的女性，在游牧与固守土地间，不免踌躇失措，举止不安。

简单地说，我觉得今日的女性已经感受到了游牧爱情的召唤，却仍无力对抗农业爱情的积习规范，对自己的新角色位置也矛盾不明；而男性正忙于社会结构转换时营生的困境，自救尚且不及，完全无力也不想与女性一起解决这两性间的新问题。因此，彼此就总是在玩着到底谁在游牧、谁想农耕的猜谜题。

　　当然，本文虽名叫"游牧的男人、农耕的女人"，但把全文的男女对调来读，也照样是通的。不信请试试看，因为有些男人本是女人，有些女人也本就是男人啊！

与山隔街对住

喜欢遥隔着距离看山。

这习惯必始于远远的某时。

童年小镇邻山，假日会涌出黥面的台湾少数民族，携背各样猎物山产现身街市，黄昏醉卧路边，隔晨再去寻，却已全无踪迹。

问我裹脚老祖母："他们呢，他们呢？"

几乎不出户的祖母，就遥指远处氤氲山色，仿佛指点着我一段神话的故事。从我与祖母共立儿时的洗石子楼梯平台，我们可以彼此望见远处的山，日日晨昏幻变面容色彩，遥远又妩媚。那远处，日间有大腹飞机，慢动作掠过布幕般山景，缓缓落出一颗颗白球的伞，悠悠载人摇曳坠入绿色稻田里。

祖母兴起时，会对我说起她家乡福州也有的山色。

那便是我童年记忆梦境的场景。那里有……蓝天白云与无脚远山，还有妄想要缠绵入山脉的绿稻田，与林列的芒果、椰子、凤凰木。

是的，那山真的就是远山无脚。

曾见过父亲为母亲摄的一张青春照片，母亲微侧头望着远方何处，露出爱恋中的笑。父亲在照片背面用毛笔写着：山登绝顶敢为峰，海到无涯愿作岸。是两人彼日情爱人间时，对青春与爱恋的顾盼神色，更是同向未临天堂，豪情与温婉的邀约承诺，如今我再时光凝看，虽然斑驳褪色，却也格外显得洁净迷人。

留学美国后，我宿居芝加哥工作。渐觉干涸，恍惚不知为何，一日忽梦见儿时的山，才明白是因芝加哥无山，我因此生命便觉缺了隙缝，一个无山可远望的城市与生活，是怎样用金钱物质来填补，都徒然无济的。

日后我转职往凤凰城，一半因被那传说的石砾沙漠所魅惑，一半也是因知那儿有山可望，对于正渐枯萎的我，或可因此再次邻近童年以及记忆，并得滋润；如今想来，那时的我，的确有着饥渴期待什么甘泉再现的心情。

为了在那儿看山邻山，我买了与我肢体形象不相符的越野四轮传动车，白面牛仔跨骑上马，想去填补某个失却梦境的，挥鞭寂寞穿梭亚利桑那大小邦域，却终于发觉这里的那些俊硕红岩山，毕竟不是我寻觅中那样绿葱婉约的山。

也才明白，虽然都是以山为名，却各是不同，犹如即令是已成记忆的恋人，也绝非可以任他人轻易取代的。

自己所属的山，毕竟本当是无可取代的。

然而，我虽喜看山，却一直不爱入山。

缘故我也不明，总觉得山像头暗藏什么险恶的怪兽。在山里，有太多不知名的虫与兽，太多层叠、相互裹覆的阴影与暗穴，太多迷宫岔道，太多脏黏、湿漉漉的异物。而这一切，皆非我对山本有的想象与期待。

我虽不爱入山，却不可免地落入这怪兽陷阱有数次。一次去云南大理，莫名就随招待所宿眠的众人一起去攀爬点苍山；至半路，呼吸急喘不可行，那同行人皆与我不相干，就弃我继续他们壮丽的旅程。我一人坐凸露山径，望前望后呼救无人，懊恼这莽撞入山决定，却也已迟，尤其想起来旅游书上说，此山会有豺狼出没，更是惊恐不能自已。

后来就在惧怕豺狼现身的动力下，咬牙独自登上积雪山巅。那儿有个气象孤亭，里面住两名年轻军士，见我出现都面露讶异，但也殷勤招待我热茶与火炉，好奇问我来往人生事情，知道我来自台湾，一个掏出心爱的琼瑶小说示我，另一个则说着他家乡的英雄白崇禧，以及后代的小说家白先勇。

三人濡沫地取着暖。我在那里也慢慢恢复了精力与勇气，便安然从另一侧山面下了山。仸是如今偶尔想起来，依旧寒战不已。

这样登山的经验，不觉也有多次，当然不是每次都有豺狼眈眈窥视，但还是常会自己半途懊恼着，为何又来干着登山这苦活了呢！而且对登山行径的排斥，也爱屋及乌地延及他人。

前某恋人爱单骑入山，一次迷途并由山径跌落谷，后黑夜暮独自蹒跚出山，至我处时，刮痕衣裳破碎历历，我边清洁身体敷药伤口，边张口咒骂山的邪恶与无情。后来恋人身体康复，依旧入山如昔，完全无视我的劝阻，甚至最终两人生命，也山里山外互不相干了呢！

"也好，道不同本就不可相为谋"：安慰着仿若自己落了谷底的受伤心情。

弟弟婚前某女友，一次忽想购屋，就说我本业建筑师，理当陪她挑屋鉴定，因不知她会否就是我家族未来亲戚，只能先示好地陪着去。一个下午挑三拣四，均不能如意，我也疲态渐露，最后听一销售大姐，婆妈叙述某屋多好多值，忽然听到她说：

"隔着马路就是山呢！台北哪里还有这样好的环境！"

霹雳般惊醒来，忙追问点滴细节，且后来居然是我买了这屋。弟女友对我这回魂的行为，一时也措手不及，就看我掏信用卡，好像被催了眠地签下合约。一直到离出来，她才望着我说：

"你怎么……怎么会这样……这样就买了呢？本来……本来今天不是我要买的吗？又……又不该是你的啊！"

好像被配角抢了戏，女主角的哀怨心情似的。

"而且居然也没跟她杀价，哪有这种事，根本就是被她白白赚到去了。"

到底是谁白白赚到，我其实到现在也还不明。这种事本来就难断定，就像我去吃那种高价任你吃到饱的自助餐，大概都只赖在生蚝与沙西米台前，有次大约贪食过了量，回家拉肚子。朋友说我亏到了，吃进去的全又出来，但我一点也不觉得是这样，反而庆幸前日胃口好，得以多吃生蚝好几打。

　　而且，吃下去的不管什么，至终不都一样会同处出来吗？早些出来，还是晚些出来，到底哪个是吃了亏，哪个是赚到了呢？

　　完全不明白。

　　这房子自订购到盖完迁入，已是两年的事情。住入后，检看屋子与山的关系，欣喜发觉有两面山可望；一边是阳台，斜望出去就是销售大姐说的小山坡，另外一边是有四个窗的起居空间，视线正好掠过去隔邻屋顶的加盖物，可以看到汐止方向绵延的山脉。

　　这才确定自己真是赚到了。（两面山呢！）

　　于是，路边捡来一个金属的浴缸，置入朝向对街小坡的阳台，这样我入浴泡水时，山色就在水波里尤其潋滟起来；浴缸边植了许多绿色植物，边洗澡边浇水，可以边作游戏边做工。起居室那里，我几乎大半时间坐入的大铁桌，便放靠在窗边不远，只要工作吃食或打计算机闲顿，一抬眼就可看到正向着远处无际漫去、波潮互涌的山。想起来谁人的诗句：

　　　　江流天地外，山色有无中。

　　今年初，对街山坡前的空地，开始筑起一栋大楼。初始不免惊心胆跳，以为山这下便要离我远去了，后来楼渐渐巍巍立出样子，居然还留了个缝，不大也不小旳，让我依旧可以坐浴缸里，和山色缝里妩媚对笑。

　　只是这下，山色倒真显得有无中了。

前周，因事去了一趟礁溪，先上网去查旅馆资料，犹豫着要订哪种温泉房，可望山还是望海的好呢？后来想到入房时，当已是夜黑幕，山海都一样看不见，自然早无所谓。最后务实订了有大浴缸可泡汤的房间，但看出去是邻屋的高墙，就一夜挂着帘子，完全视而不见，也不受影响。

然而洗温泉没能见山，的确还是令人遗憾。

但是，来去时穿过著名的北宜九转十八弯，不但没有儿时晕车作呕感，反而觉得青山今日特别地美丽。那两日正好霏霏微雨，洗出一重又一重浓淡相依衬的青绿颜色来，把台湾山脉原本的妩媚姿态，展露得尤其青翠甜美。

是初初长成的碧玉小姑娘。

而我与青山这样隔街对住，不觉其实已八年了。除了有时不免诧异望着山，想着这八年我老去许多，可这山怎么还是一个样，一点也不见老呢？山也不老，树也不老，自己却老去不能止，真不知该不该怆然独涕了呢？

对街的我山，还有一事特别讨我喜欢。就是晨昏必有众禽鸟齐聚高歌，鸟声高低不一、悠远聒噪皆有，清亮暗沉互应，但听得出是欢欣愉悦，有着对生活与命运皆无所怨叹的达然。有时也飞出来，边鸣唱边振翅回翔，游戏一样的。

这一年，因为工事关系，鸟禽稀疏去，让我有些黯然。鸟们必也是不爱嘈杂工地，但我想这工地总不会永远在这里不去的，而这山却因无脚必是不能离的，所以禽鸟们总会再来的吧！

我与青山这样隔街对住，不觉已八年了。

我想问我山，愿否与我再缱绻这样的共居关系，八年八年再八年，抗战般的……

阅读是夏日一阵雨

关于阅读的记忆，始自幼小时候。我从没听说过图书馆这回事，住家隔壁有间租书店，是母亲爱去租杂志与书的地方，我常被差遣去借书还书，因此渐渐熟悉那个拥挤着书架与书的狭小空间、昏黄的灯光与略略潮霉的味道，以及蹲坐在短小板凳上专注读着书的众人的模样。

那应是我生命中的第一个与图书馆相关联的记忆。

小学五年级搬家到台北，新去的学校有社团活动，半是由于转学生的胆怯与惶然，我选择了最是安全的阅读社，就反复读着同一大木箱里的书，借着埋首与专注的姿势，进行一种脱逃与对抗的行径。图书馆与阅读这回事，某个程度上，也成了我与所恐惧外在世界间的屏障与中介物，且这习性一直未改。

后来念了建筑，开始会抽离与客观地观看各样建筑物，包括图书馆。我研究所时在宾大的建筑图书馆打工，那是一座古堡般森严井然的巨大老建筑，高耸有天光从穹顶注入的阅读大厅与如中古世纪密道般的藏书区，让我重新理解与体验到所谓的图书馆究竟所指为何，也第一次感受到这源自欧陆概念的公共图书馆的真实气味。

带着古典气息的氛围，形成塑造着我早期对图书馆的想象及期待。在这样思考的轴向里，通常会先浮现出来的，是我喜欢的作家蒙田与里尔克，以及他们各自安身的小古堡（分别在法国波尔多附近的蒙田堡以及瑞士苏黎世附近叫慕佐的地方），在近乎避世的小书房里，他们各自写下不朽的《随笔集》与《杜伊诺哀歌》。

而我所心向往的图书馆，是这样藏书精且准的离世小古堡，以能专注书写与思考。我去过的图书馆，与这最接近的处所，应是在伦敦的约翰・索恩博物馆（Sir John Soane's Museum），这座十八世纪在城市街屋里的个人住宅，有着能神奇将生活与个人收藏浑然合一的魔力，其中有着双层屋顶（用来采光）的早餐房，既温馨、离世又自足，是我觉得极为完美的个人小书房所在。

与这完全相反的，是公众集体共享的大图书馆，同样盖于十八世纪的大英图书馆，大概是其中最著名的经典。巨大穹顶注入光线的神圣氛围，以及让众多的书籍与众多的阅读者，一起摊露在知识的光辉殿堂里，确实宣告着知识从个体到集体的时代走向。

在对待知识公众化的议题上，近代建筑的态度其实反显得分歧。首先是对图书馆的角色与意义，开始有着质疑的声音出现，一则因为网络的出现，使知识传播的方式改变，图书馆的存在必然性因而开始消退中。

或说，图书馆所扮演的角色开始转变，这可以用荷兰鬼才建筑师库哈斯二〇〇四年完成的西雅图图书馆作例子。这图书馆积极地响应着新的时代角色，其中藏书与阅读已经不再是核心价值，反而意图让图书馆扮演"都市客厅"，也就是一个以知识为名的社交场所，因此馆内设有所谓的"商业区"与"公园区"，以及许多交流用的"中介区"，意图破解图书馆与世脱离的固有形而上姿态，能让市井的平常世俗性格，以混搭／共生的方式作介入，重新定义何谓现代的"图书馆"。

相对于在造型与内容的颠覆与叛逆，也有其他的声音出现，譬如二〇〇七年由日本当代大师伊东丰雄所完成的多摩美术大学图书馆，就是另一种时代语意的声张。这座矗立在斜坡上的建筑，神奇地将轻盈与重量两种分属现代与古典的建筑美学共置，并且不断以重复的拱形造型出现，秩序与韵律鲜明，像是在对某种消逝中的古典精神作召唤与致意，而整体空间里流淌的书籍与阅读气息，也似乎隐隐在与时代走向做对抗，确实是相当优雅的一座现代图书馆。

图书馆其实只是阅读的一个中介体，绝对不是阅读的终站，但或会因为知识传播方法的改变，而必须不断自我做调整与转换。然而，知识与阅读终究才是本质，有其不可改变的必然性，一如炎热夏日午后的阵雨，不管时空的如何转换与变易，永远是会被人继续期待的那股清凉吧！

声声啼杜鹃

总是会在报纸读到男子因忞情生变，而萌生凶杀的恶意，是得不到春雨滋润的苗禾，愤愤向四野人间吐出蛇信般的毒汁。

也会觉得特别地伤心，对因而死去的女子，与成群余生怀恨的男子，觉得不舍，对这样生命以终的决定，那些中年眼神木然顿挫的男子，与露着尚不能明惊慌的少年。

问着自己：但，男人为何才揭了一层皮，就必得这样沧桑地裸露与难堪着呢（如那条夜市里被剥皮吊挂示众、扭曲挣扎不能止的蛇）？

会感觉到这同样男人双足不能落地的慌张，也同时屡屡见得男人们生命中苍白的颜色掠过。于是试图去探测男人双足与大地距离的作书写，也是一种哀悼与或者根本就是徒然的捕捉。

啼声如血般美丽的杜鹃，日夜不能止息地声声啼着……

谢谢你啊，冉肖玲

在六〇年代初电视旋风般进入台湾后，父亲用猜疑的态度推拒我们家与电视的姻缘许久，终于买了一部有四脚堂皇坐落、与木百叶可以折合锁上屏幕的大同电视。

那时我由南部初转学进入上层台北某小学，与日日上学带着些微傲气的那些小朋友们谈吐格格不入，而加上缺乏前夜电视题材的语言发酵桥梁作沟通，更使我显得落落失群。

我原先所来自的小学男童，玩的是棒球与躲避球，而这新学校的男孩们，却都迷恋于篮球与足球，我插手接腿不及，便沦落于女生一角画着无聊的纸上涂鸦，好像也不觉沉入那些已偷偷发育中女生同样迷蒙的幻梦里似的。

发觉自己经常重复画着某个显得成熟艳丽的女人。

不敢轻易示人，怕惹来腥膻嘲弄。

自己屡屡不解回看，女子模样似乎像着犹在家庭富盛南部时候，饱满容光的盛装母亲。然而，才一迁入台北，我们的生活就寥落紧张，一向依赖的下女初次消逝去，母亲日日仓皇张罗着六个子女的需求，衣装发式早已不可辨识，也恍然与南部她往昔的盛时景况，成了毫不相干他者的他者了。

我留住一张最是完美的画像，偷偷贴入我抽屉内里，像瞻望一个远逝女神。哀伤沮丧时偷启抽屉窥看，低首呢喃仿似求乞神佛慈悲，愿意垂怜抚慰犹未能在这动荡变异中，寻得平衡与宽慰的我的心灵。

电视终于一日辉煌进入客厅，母亲严掌百叶门小锁，与只得选择若干时间观看的规定，成了夜夜举家难抉择的苦痛源处。但是不消多久，周日下午准时响起的"群星会"节目序曲，就成了全家共识必然的点项。

也是在那里，我初初见到宛若完美女神现身的冉肖玲。

然而，真正让我惊讶不已的，并不是她四射自若的艳光；其实更是，冉肖玲并不生疏遥远，她原来就是我锁闭抽屉多时，那个壁版上不知名姓的画中女子。

原来我一直重复画着的，就是这个荧幕里的冉肖玲。

并且，画中女神终于亲显身，来解救荒原里几近无望的我了。

周日午后同目望着"群星会"里，展莺喉轻摆曼妙身姿的男女，我们一家人都露出了陶醉的静谧神情，那种至信至美至善、类似宗教的和乐氛围，我现在依旧能够清晰记得。

那一刻起，就知道我将从某种困境里得到解救，因为冉肖玲已然允诺地显身了。

这般冉肖玲私允诺的秘密恋情，多年后几乎在某次酒醉后，因巧遇了儿时的邻家女孩，差点遭到破解。

初二时，隔着卧室我的纱窗，可以抬头看见后天井对面三楼的女孩，和她那个教小学的母亲，正一起在阳台看着月亮：

"妈，快来看，你看天空，你看月亮……月亮升上来了！真的，你快来……快来看哪！"

"啊，是新月呢！原来今天是新月呢！这样……我们可以说：月亮正冉冉升上来！"

"冉冉？冉冉……是什么呢？"

呢喃母亲耐心对女孩说着什么是"冉冉"。正当中学苦涩自困的我，依旧坚定把头埋在桌灯下，以假装地认真读书，拒绝并回避被视出我已经被她们对话勾引去注意力的事实。

尤其她们正谈论着那个我觉得既神圣又优美无比的字眼呢！

而此刻，在一个像餐厅也像酒吧的地方，和邻座某女子饮酒攀谈起来，微微醉着的时候，竟发觉我们彼此就是当年新月夜的邻家童男女：

"不会吧？你真的就是……那时候你很用功，总是一人在灯下读书，我们都以为你一定会考上三省中呢！"

"没有……没有，我并没有真的在读书，而且只考上县……中。"

"那你在做什么？这样天天和整夜对着我家的后阳台，低头害羞着什么似的，我和姐姐为了猜你暗恋的是她还是我，都要吵了许多次了呢！"

我就静默不回答究竟当初暗恋的是谁。

女人有些醉了，开始诉苦般告诉我她如今恋情不顺遂的故事：

"……谁知道呢！当初根本是骗人的，等到发觉时，都怀了小茉莉了呢！有什么办法，命吧！"

"那你……那你原来做什么呢？"

"空姐啊，本来追我的人多的是呢！一不留神就被骗上当了，只能算是倒霉吧！那你那时……你那时究竟是偷偷恋着我姐还是我呀？"

我就低下头，微微晃着身子，做出已经醉了的表情。因为我不想告诉这个似乎并不怎么快乐的女子，我在那个新月的夜里，暗恋的人其实是恍若女神的冉肖玲。

是的，就是女神冉肖玲！

冉肖玲有着一出道就几近成熟完美的身姿仪态，并且还可以一直不变地维持下去。前几年我看报纸她开书法展，照片中的风姿完全不改，只是显得更加稳重优雅，时间添加在她身上的，竟然全是祝福呢！

令人羡慕也感动。

但我想她的生涯，或不是我这遥观者以为的容易。譬如她长时地被人与白光相比较，因为她们都有着低沉性感的缓慢歌唱风格，与熟女难敌的妩媚魅力；然而，冉肖玲在不断歌颂遥想上海风华的时代氛围里，恐怕无可选择必须努力扮装着那样十里洋场的隔江姿韵，来迎合某些时代的空虚与期盼吧！

这样与白光身影纠搅难分，作为一个在台湾生长，可能从来没去过大上海的歌者，必有着身份难明某种挣扎的辛苦吧！或也就因此，真正叫人难忘冉肖玲的歌，事实上并不显多；耳畔轻回绕，最能被称为代表作的，可能还是那首幽幽的《蓝色的梦》了！

冉肖玲当时就是这样从容优雅地，把这歌唱遍了南北台湾大街小巷的：

"昨夜的一场蓝色的梦，梦中的一切多迷蒙！清晰的只有你可爱的笑容，那笑容使我不觉心动……"

蓝幽幽幻梦般似真又不真，那样的时代那样的歌啊！

但是那样的时代并不永存。

冉肖玲也如同我的青春期，隐蔽幽静就忽然失踪影地落了幕。"群星会"般莫名乐观又忐忑的那时代，不觉间随着我尴尬的发育与联考过程结束，无声息地消退出我的生命；恰如那同样时代里的白嘉莉、王慧莲或是万沙浪们，都迅速被另一批人取代了。

取代的是平克·弗洛伊德（Pink Floyd）、深紫乐队（Deep Purple），蔡琴、潘越云和李建复。

大学那时宿在淡水山头的顶楼加建物，夜里与室友常熬夜画图做模型，听着蓝清主持警广的节目，尤雅、陈兰丽夜夜现身；当时校园里充满自觉意识的李双泽、杨祖珺、胡德夫，也不断冲荡颠覆着看似平静我的内里，是个多元交织群仙共居的阶段。

后来再想，我整个生命何尝不一直是在这样多神共处的状态里呢？赴美工作时住芝加哥，室友是个地下乐团的鼓手，带引我驰骋入摇滚世界；而远远回想，我南部的童年里，家住杂院似的宿舍，唯一外乡人家庭的我们，唱片日日流转着怀旧的周璇与白光，而邻屋留日的医学博士家，却会回旋出交响乐，与显得旖旎异国的日本小调，加上其他人庞杂的歌仔调、电影流行曲，光影交织不能歇。

最难忘的，是山地工友黧面的妻，会在风和日丽时坐小木板凳门外，黑锦衣面边绣着细小彩色的艳丽珠子，边低声吟唱她家乡的什么曲调。我瞠目远远看着她，然后妇人抬头嫣嫣笑着，入屋去取烤着的什么薯食给我，我便溜烟地跑了。

那不明曲调与许多悠悠的乐音，都是我成长的节拍。

终究还是会想到冉肖玲。

我觉得所以不能轻易忘怀，已经不必然是她的歌声了，而更是浑浑然冉肖玲一直存据我心里的某种形象。她似乎有着什么殊异的特质，像一个来自这片土地的象征物，可以让我感觉得到一种宽慰、一种坚强，与一种即令受屈也无须自弃的力量。

想到她，就犹如想到我那早已转入暮霭的母亲，与其他许许多多、我似乎又熟悉又不熟悉、日日行走路上的台湾妇人们。

时代依旧是朝换夕改，流行曲调我也早已经来不及跟上。但是透过这些歌声与人，我却一直看得见冉肖玲的存在，在每一次旋律响起的时候。

依旧和少年时永不弃我的拒屈女子一样，冉冉笑着，永远在那儿守候着我，女神般一次又一次地现身。谢谢你啊，冉肖玲……

关乎爱情的一切

在忏情与自我思索间时时彷徨踟蹰。因为，爱情与道德总交错织锦，岔路口屡屡或共行或分道而驰，肉身期盼觉醒如春日的花，波西米亚的召唤也浪涌如神谕，却总有爱情的想象阻路，如神祇如形而上的哲学，悠悠难跨越。

时而端庄如成年者，忽又纯净简单如孩童，话语悠乎在一人与普众间流转，仿佛一眄目，便可天上人间。是啊，进入若需蒙恩宠，离去仍要许可吗？是啊是啊，迎迓与告别的身姿可以不同吗？有如，眼泪究竟应是象征悲或喜呢？

是告别，也是期待。期待一种新的生命可能，在一种新道德的社会里存有，是对诞生的祷语。

也嗅闻得关乎悖德与救赎的回思。恰如纪德在《地粮》里所写：

奈代奈尔，现在我已不再相信罪恶。

再读一段《地粮》吧！

　　奈代奈尔，不要以为我会滥用这一类的寓言体裁，因为就连我也不十分赞同的。我希望教给你的唯一智慧是生活。因为，思想是一种重担。我年轻的时候，由于不断监视自己的行动而疲惫，因为那时我无法肯定是否不行动就可以避免犯罪。

　　走索人忽然回望的灼灼目光，透露了更多的口岸与讯息，仿佛那急着传递密码的谍报员，在投讯的神秘与期待被了解的两难间，特别透露出来的某种困惑与迟疑。

　　既淡也浓，一如所有亘古的爱情，渺渺幽幽。亲身走过这样某个或许曾临的花季，都知晓这一切的短暂与必然，因为那正是伤花与葬花的生命过程。然而，却不能知这一切作为记忆的必要，到底该有多少？恰如那一地缤纷又泥泞的花瓣，究竟是美还是悲，是路途还是终点。

　　作为分离承诺，当然可以终于结束，但爱情依旧扣敲门窗，如风雨，如啼鸟，日日于你我的生命屋宇。

　　如是，我们应该要感谢爱情，以及关乎爱情的一切，譬如诚恳坦露与书写。因为即令爱情必然终将如伤口如花，也依旧会兀自绽放的……

恋人在对街

　　恋人原来就住在我对街，我以前并不知道，未来似乎也永不能明白。

　　情人节那日，我望着窗外其他邻户窗子的灯火逐一灭去，明白他们都应约去晚餐或夜饮了。我依例地坚定我的心智与之对抗，也就是对自己不断说着：这是件愚蠢至极的事情，爱情并不是这样的，爱情并不需要这样虚假的包装来作证明，爱情存于日常生活，完全不需这样的骗术与谎言。

　　当那夜黑幕笼至的时候，我在居室的铁桌上，为自己煮食了一条红色的鱼，与一盘绿色繁茂的蔬菜，并点起烛光数朵。我迂回地想着今夜当邀谁与我为伴。在我脑中已有数人候列，譬如里尔克、波特莱尔、韩波，他们也都接受了这邀约，未曾在先前就拒绝我。

　　我优雅地吃食鱼与蔬菜，喃喃自语这数人的诗句，恍惚不能决定今夜恋人究竟属谁。（是啊，谁将是我今夜的私房情人?）然后抬眼，就看见了对街我那恋人。

　　这事说起来有些蹊跷，我对街同楼高的屋子，一直空虚无人进驻，恍如废墟；却就在今夜，在我投注目光过去时，见到一人也如我般自渎地独食。那人并不望向我，也不露出被谁人遗忘或当哀悼自己的神色，就轻轻起落，啄食盘中的食，也点着烛光，也似乎有同我般的音乐背景缭绕。

那人在等待着谁吗？谁人将忽然抵达，打破这一切期待呢？为何我从不知其存在这世界呢？那人也知我的存在吗？

那人一直并不抬头望向我世界的方向，我便逐渐慌乱起来。即令反复诵读里尔克、波特莱尔、韩波也无济于事，我的心与眼已然被对街那人勾引走，仅因那人完全无视我的对街存在，也拒绝知晓我不断投射的爱情讯息。

因确知我对那人爱情的确真实，便决定离弃那人。我决绝地立起，关上我们之间的窗，宣告我并不爱那人，继续吃着我的鱼与蔬菜，并加大音乐响声。便忽然听见一声嘶号，像凄厉厉的什么响音，然后街道涌出那些相恋外食外宿的男女，他们相互惊呼着，不明白为何这人会在情人节之夜坠落地。

对街恋人为何坠落地，我也至今依旧未能明白。那夜我就自渎地饮了数瓶上好红酒，作为某和自我的奖赏。

辑 二

夏 日 · 阅 读

人人都爱蔡国强

在《蔡国强泡美术馆》的官方网站，栏目《蔡国强传奇》里面记录了他的辉煌，摘录如下：连续多年被英国权威艺术杂志《艺术评论》（*Art Review*）评为"世界艺术界最有影响力的一百位人物"；二〇〇九年入选商业杂志《快公司》（*Fast Company*）"全世界最有创意的一百位人物"；被美国《纽约时报》评为世界不可或缺的艺术家；作品被大量写进各式各样的美国艺术史教科书；在香港佳士得艺术拍卖史上，创下华人当代艺术拍卖最高成交金额。另个栏目《爆炸的数字》里，更写道，二〇〇八年"蔡国强：我想要相信"的回顾展，破纪录成为纽约古根汉美术馆观展人数次高的展览。

这些繁复的述说里，其中的关键词：最有影响力、最有创意、不可或缺、最高价、破纪录。

约略描绘出来一个当代华人艺术巨星的身影，因此也比较能明白为何北美馆会以如同红地毯作款待的姿态的缘由了。但若仔细看蔡国强的经历，还是不能不对他这样迅速得到西方艺术界的肯定叫好，感到惊异与佩服。他以在华人祖宗遗产里已蔚为永恒骄傲的火药为题，创作出到现在仍为代表的"爆破计划"作品系列。

　　这系列作品极多，一般人最熟悉的，应是北京奥运开幕式那仿似来自天外的二十九个烟火大脚印，以五百米阔的步伐，空中横跨北京城中轴线，令人叹为观止。是的，蔡国强的作品保证能令人叹为观止，几乎也一定巨大且耸动、直接响应这个语不惊人誓不休的时代价值。

　　他善于响应时代走向与西方主导的价值体系，是所以能迅速脱颖而出的特殊处。作品中无处不在地引用传统的东方元素（火药、山水画、风水、传说与典故等），并转入作为对西方当代议题（战争、对抗、种族歧视、保育等）的批判与嘲讽，在文化的解读与误读间悠游自在。

　　蔡国强的聪明、自信与努力，昭昭可见。他对政治与权力批判不遗余力，却又是极受政商权力者支持与接受的艺术家，既是体制外的攻击者，又是体制内的蒙宠者，身影恍惚难以辨明。

　　而这种犹疑兼游移的模糊两难，也是蔡国强最值得探索处，因为他虽然喜欢讨论文化、政治与现实，却又隐约露出一种不愿相信的虚无距离，一种文人自清的冷眼旁观，虽然以之为名，却拒绝投身信仰。这种不相信的轻忽与怀疑，事实上也给了他一种灵活的自由度，因此可以潇洒地将作品转成巴赫金所提到源自民间节庆的"狂欢文化"性格，正也迎当代艺术所好。

　　蔡国强来自福建泉州，对台湾一直有着某种友善与好奇的互动，或因此我们才能见到这样宏大规模的回顾展，在台北堂堂出现（虽然这也引起纷多议论与猜测）。这部分暂且不表，回归艺术来看，我觉得蔡国强的确展示了一种新景观与新视野的可能，也让我们见到当代艺术家的一种新定义方法。

我对蔡国强有绝对的尊敬，但也有我的怀疑，因为对于他的信仰以及本质何在，还是不能明白清楚见出来，也不能完全相信。

于我，艺术不只是嬉戏与斗智，更关乎本质与信仰。

小说本来就是政治行动？

　　村上春树的小说《黑夜之后》，以东京都心某个不明的角落，一个深夜到天明间，还在念大学的玛丽和高桥，在餐厅相遇后，一步步悬疑地开展了一个并不复杂的故事。

　　小说主事件是一个连日语都不会说的中国妓女，在旅馆被男客恶意打伤并掠夺，因为玛丽会说中文，高桥在旅馆打工，就牵入此事件，也暴露出来两人与其他相关角色，各自似乎都有着幽暗不明、也不太愿意去回顾注视的过去。

　　小说像是篇想回顾日本近代史的现代寓言，并将日本侵华暴虐行动的历史事件，等同于带着诅咒的噩梦作表达。村上一方面批判日本长期以视而不见的方式来应对这段历史（有如玛丽那形同双生，却长期陷入昏睡幽禁与被监视状态的姐姐），也隐隐指着人唯有勇敢向着天明走去，才是解决不快乐过去的唯一方法。

　　但是小说对历史的态度仍然隐讳不明，在寄予年轻的玛丽和高桥祝福与期待，相信他们的未来，将不会再困于这样的噩梦中的同时，又让即将远去北京大学进修的玛丽，表示出对前去中国的担忧，甚至让誓言为妓女报仇的华人帮派，不断对无辜他者说出："你可能会忘记，我们却不会忘记。""你逃不了的。"这样令人惊恐的话语。

生于战后波兰的犹太裔美籍建筑师李伯斯金（Daniel Libeskind），是著名柏林犹太博物馆的设计者，也是九一一原址重建案的竞图案原本得胜者。面对战争于民族间刻下的历史伤痕，他选择以建筑风格的强烈性，来对人间的不义做出控诉，他似乎不认为沉睡与回目是响应历史的正确态度，甚至说："公共建筑本来就是一件政治行动。"

小说这样结语："我们准备小心地悄悄守候，看着那预兆不要被其他企图所妨害，而能顺利在早晨的新阳光中慢慢膨胀起来。夜终于破晓，黎明刚刚来临。到下一次黑暗来访之前，还有时间。"

村上似乎知道怎样去迎接黎明，而对着记忆般不肯消逝去的黑夜，却显出只能希望噩梦自己终了的无力态度。

你们并不存在，可是我存在吗？

　　村上龙的《到处存在的场所 到处不存在的我》，以八个短篇描述日常的场所（如便利商店、公园、KTV等）里，平凡人所面对的"无希望"生活。像《圣诞夜》里二十七岁的上班族女子，接到路上递来"致将孤单度过圣诞夜的女性"纸条，而放弃与仰慕男子及诸友人共度的邀约，决定独赴某饭店酒吧与纸条上的陌生男人们相遇，一边同时怀想着另一名总在国外拍片若有若无的波希米亚的导演。

　　整本书散出浓厚的对时代虚妄性格的悲愁，对物质文明的鄙夷难弃与对人生近乎无欲的态度。村上龙认为这是完成现代化进程后，日本社会不可免的困境。在他另一本《寂寞国的杀人》书里，他写着："充斥现今日本社会中的'寂寞'，在过去任何时代都不曾存在过。……日本社会中，有着像现在孩子一样感到寂寞的日本人也是空前绝后的。"

　　是的，这是一本描写寂寞的书，描写整个时代里那些看似存在，其实却与不存在无异的人群的寂寞书。

　　自七〇年代起就受瞩目、来自伦敦的双人组艺术家吉尔伯特和乔治（Gilbert & George），喜爱以己身、都市与年轻男孩为题作华丽影像大图拼贴，并对空洞时弋作出强烈呐喊。这对双人组艺术家，同样也对现代人的寂寞与无生命目标作出批判，只是会比村上龙显得积极地去逆向操作，例如对欲望、死亡与都市作出异教崇拜的欢呼歌咏，对悖德与负面价值作积极的正面拥抱。

　　村上龙在淡淡的哀愁里，透露出某种空无虚妄的宿命悲剧性格，Gilbert & George 却拒绝被上帝判决，宁可纵欲叛逆并跃身地狱以求玉石俱焚。但是对大时代（尤其是工业化国家里）这样的社会困境走向，他们似乎都尚无力以艺术做回答，只能不断预告宣示某种悲剧的必将到临。

　　自己也只能如作品角色一样地慌乱无方以终，有如端立河岸的修者，或因为不够爱众人，只能睁眼遥视千万溺者浮沉洪涛以没，或就也因其实就是太爱众人，俱不察己身也早已涉水并自溺……同样地将见到生命逝去难回了。

我喜欢谢德庆

读完大陆艺评家萧元写关于谢德庆行动艺术的书《做一年》后，有股内蕴气流涌滚出胸膛，直直嘶嚷对我说：我喜欢谢德庆！

没错，就算是之后沉淀了心情再细想，还是觉得：

我喜欢谢德庆！

萧元花了两天，对谢德庆做了十二小时的录音访谈。书中也依谢德庆由一九七八年到一九八六年间五个各做一年的例子：《笼子》《打卡》《户外》《绳子》《不做艺术》，与之后跨十三年一直到一九九九年的单件作品《不发表》，有次序地作出访谈。

谢德庆作品触及的议题十分广泛，基本上他在思考人作为一个单独个体，面对生命与外在环境时，如何维系住一己自主与自由性的哲思问题。谢德庆以《笼子》的自囚、《打卡》的强迫规律性行为、《户外》在文明内的自我放逐、《绳子》不可避的人际相互牵绊，来思索一个单独个体在面对这一切时，如何能以一种近乎谦卑的隐讳与永不动摇的坚毅态度，成就出一个人的尊严。

谢德庆从不在形体上脱离人类社会，他的作品都以最纷攘的纽约为背景，他不避世地就在其□思索与寻找人存在的意义。他保持着对自己生命绝对尊重的孤独态度，一以贯之地以二十年时间，来呈现他将生活与艺术合为一体的生命哲学观。

他所成就的这种孤独性，会让我想到十九世纪前叶的丹麦哲学与神学家齐克果（Søren Aabye Kierkegaard，1813—1855）。齐克果认为人与上帝本是不可沟通的（但也因这种不可沟通性，才凸显出人类的自我意义），人则宿命是绝对孤独的。在日记中他写着："到审判日那天，所有的灵魂都将重获生命，然后一个个全然形单影只，相互间谁也不认识谁。"

因此他认为基督徒的存在意义，在于一己对基督教原则的完全相信与接受，以及对此的彻底实践，强调信仰必须付诸身体力行的绝对实践，而且必须是不断重复的实践过程。

齐克果所描述的基督徒形象，与谢德庆似乎有某种神似处。

谢德庆作品中的《笼子》与《户外》，也让我思考到人与所处空间的关系意涵。

《笼子》是谢德庆于一九七八至一九七九年间，在纽约大仓库的工作室里，将自己关入他搭出来三面木栏、一面临墙的笼子里，并在这一年期间不读书、不看报、不写作，不看电视、不听音乐，也不与任何人作语言交流。《户外》则是在一九八一至一九八二年间，完全生活在户外一年，不进入任何遮蔽物中，包括建筑物、地下道、洞穴、帐篷、汽车、火车、飞机、船舱等的作品。

这两件作品，都强烈挑战了人类文明对居住与"家"的既有观念。

当萧元问起在笼子里都做些什么时，谢德庆这样描述他的"笼子"："笼子里一共有四个角，床的那个角就是我的家，然后另外三个角变成去到外面散步，就是把里面空间弄得大一点，那边是家，回到家，就坐在那边，有时出来散步，这样走来走去。"

他的家，是一张床，而家以外的世界，就是笼子里空无一物的另外三个角落。谢德庆让我们见到（思索到）家赤裸的原型，与人生存的宇宙，居然可以就是这样简单的一个笼子。

在另一个作品《户外》里，谢德庆更极致地将人置放到无任何可固定归属空间的处境，并思考其中意涵。他在访谈中，这样说道：

> 你看流浪汉也是一种处境，还有人的一种赤裸状态，人一出生就赤裸裸地来到一个陌生的异己的世界……
>
> 如果说我像一个旁观者，应该说我更像一只野狼，我的打扮完全变成了一个流浪汉，在人群里面走动，我的身份更多地是一个脏脏的流浪汉的身份，那种身份是很自由的。然而我又不是一个流浪汉……我是一个旁观者，那种角度让我觉得很过瘾。

仿佛可以嗅闻到某些存在主义的味道。但是谢德庆事实上是见到现今的人类文明，不再能从传统的空间角色里，寻找到往昔的存在安全感，才借由对"绝对归属"与"绝对不归属"两个面向的探讨，来质疑空间究竟是什么，以及空间与人之间可产生出什么意义性？

现代主义建筑大师柯比意，在见到工业革命对社会结构与人类生活所产生的巨大冲击与改变，适时提出了要反映现实的"住居的机器"构想。但他的作为，最终却只是逐渐沦为建筑表象美学的演化字帖，对于他原本信誓旦旦要对抗的社会现象与都市问题，却只是随着时间的，越发显出其无力撼动的可悲与无力真实处境。

"家"与人类个体空间，正在现代文明里逐渐瓦解与改变的事实，是触目皆是，绝对无法否认的。人类能不能再度回到被自己离弃的过往"伊甸园"，或可作为某种宗教问题来议论，但是身处如今现实中，人类如何重新架构个体的自我空间，以及个体与外界空间的关系，事实上是刻不容缓，必须立刻面对的问题。当然，其中牵涉到的除了建筑实体的架构外，更有对人与自我内在及外在世界，如何重寻对话关系的必然哲思探索性。

除了个体空间与"家"空间的瓦解外，都市空间究竟当如何？都市能否成为家与个体所失却空间的替代品？也是现代建筑人思索的另一个重要议题。来自六〇年代英伦的前卫建筑团体建筑电讯团（Archigram），就十分颠覆地以"可自由移动的都市"（Walking City）、"可配合人需求立刻出现来的都市"（Instant City）等玄想例子，来挑战虽然年纪不大，其已经沉疴深重的现代都市结构，并严重质疑现代都市不以人为本的思维逻辑。

建筑人多半想从硬件的方向，来切入解决人与空间的关系，这当然本就无可厚非，但究竟能不能真正解决问题，就是难说的了，像谢德庆这样以观念来思索空间的艺术家，事实上可能才是某些问题的真正解答者呢！

萧元在问及谢德庆的作品与社会的关联时，说道："你这个行为我觉得它难就难在你是以不合群的姿态生活在人群中，你是在一个现代的都市丛林……中流浪，……你是以一种跟他们不一样的姿态，完全不一样的姿态……"

谢德庆回答说："……我的每一件作品都和现代文明有着很强的联系，同时又和它形成鲜明的对比，然后再把它颠覆。"

齐克果在他一八四七年的日记里，对人所丧失了的自我内在空间，以"隐居"作表征地这样写着：

> 如今，隐居的唯一用途就是把他当作一种惩罚，就像入狱一样，这对于我们当今时代可真是一个莫大的讽刺，一个警世的格言。在那些年代里，尽管世俗的唯物主义一如既往，但是人们相信在修道院里的隐居生活，换言之，隐居是备受尊敬的，被奉为永恒的命运——

谢德庆以他的身体与真实生活，对人所生存的处境空间，提出他所谓"低能力"的对抗辩证思考，他让我们见到个体空间必然的极致处境，见到隐居空间在现代文明里不可缺席的事实。

谢德庆——有着绝对孤绝灵魂的艺术家，我喜欢他。

我双眼所凝视的

十九世纪末，当时"爱尔兰文艺复兴"代表性作家森恩，在巴黎遇到了极力鼓吹本土独立运动的司乡诗人叶慈，在知道森恩有意成为法国文学评论家时，叶慈劝他："放弃巴黎的一切……到艾兰岛去，把你自己当成本地人一样地在那儿生活，把那儿从来没有人写过的生活情况写出来。"

森恩便以四年的四趟旅行经验，写下他对这个在爱尔兰西侧，三个小岛因贫瘠而得保有爱尔兰古老语言文化，所见所闻的书《艾兰岛》。森恩文笔简约、客观七优美，在书写见闻记录时，有着纪实的自制与婉约的温馨，并能避免掉一般纪实作品中，常易坠入主观的成见意图与目的。

《艾兰岛》让我想到《湖滨散记》与《随笔集》，三者都有一种对宇宙及人类本质的尊重，对生命也有着谦逊的敬畏，但《艾兰岛》相对显得更含蓄自持，在衷述自己观点时，作者几乎隐蔽不可见了。

十九世纪下半叶，正是西方殖民的巅峰时期，与帝国主义息息相关的人类学，也伴随着对被殖民的"落后"社会与文化，大量投注出凝看的文史记录。这窥奇的时代风潮里，王雅伦著作的《法国珍藏早期台湾影像》，就见证了台湾也不缺席的角色性；书中最有趣的是收集了英籍摄影师约翰·汤姆森（John Thomson）于一八七一年在台湾记录以台湾少数民族与台湾景观为主题的一批照片。

透过照片，仿佛还能见到镜头后凝视的那双猎奇般灼灼的目光。

这本书与这批照片，当然都成了弥足珍贵的历史证物。二者在态度上也无蓄意的恶意，但是文化与阶级的价值观差异，自然还是时代原罪般地难以避免。

森恩的书其实很动人，他描述岛民生活的一段文字，让我尤其想到与现代人类的对比：

> 每一个人都会说两种语言；既是一个技术卓越的渔人，又能够勇敢敏捷地操纵划艇；他能耕种、烧海草、做皮软鞋、补渔网、盖房子修屋顶，又能做摇篮或者棺材。他的工作随季节改变，以至于使他不会像那些永远从事一件工作的人陷于无聊乏味当中。

或者我们才是当被历史凝视、记录并猎奇的人呢！

明日的昨日城市

比利时双人组冯索瓦・史奇顿与贝涅・彼特，共同创作的漫画书《消逝边境I》，是一本不断对明日眺望，却也同时不断瞻顾缅怀昨日的作品。

故事设定在一个时空无法被确认的大环境里（这或就是他们所宣称的那个朦胧城市?)，年轻绘图员的"我"，几乎迷途地终于跋涉到初任职、矗立荒漠中的圆顶地理绘图中心。在那里"我"遇到负责主管的保罗先生，并从他那里了解地图不只是数据，更是其中所透露出来许多真实的时空故事；之后，"我"还遇到相信未来科技的朱诺工程师，谜般难解的酗酒女子舒可黛，以及忽然决定由空中飞碟般到访的元帅，故事于是一步步摊露在犹然迷惑的"我"的眼前……

整本书的画风，有种汇迷废墟的华丽调性，红棕色泽仿似黄昏最后一抹余晖渲染全书，也像舞台上打照的人工灯光，形塑出电影《大国民》那样夸张又虚幻德国表现主义的风格。废墟般的建筑场景栩栩如生，迷人的构造细节里可以见到对古典主义、前工业与后工业世代，各种建筑式样深情的瞻顾，叙述着的虽似是未临的某时空，场景中屡屡叫人触目顾盼的，却是余晖般美丽的过往遗痕。

这样对逝去建筑遗痕追念却不强求的态度，让我想到已年逾七旬、德国夫妻摄影双人组的贝恩德和希拉·贝歇尔（Bernd and Hilla Becher）。这对长期以被漠视的旧水塔、厂房、谷仓为题材的摄影艺术家，在他们诗意幽静极度动人的黑白照片里，展现出一种同样对逝水年华的款款追忆情怀，也隐隐透露着对不明未来的疑虑与控诉态度。

《消逝边境Ⅰ》质疑着人类正大步迈向的方向：对科技的盲目信仰，对政治威权的听任摆布，与至终最可悲的人性自我丧失泯灭。那条因为人类无止境疯狂征战，而不断移动、改变甚至消逝的边界，就是冯索瓦·史其顿与贝涅·彼特以及 Bernd and Hilla Becher，所共同流露出来最沉痛的感伤缅怀处所。

他们都相信我们正在进入那个看似明日却是昨日的城市，而自己全然并不觉察。

孩子，再玩一次摩天转轮吗？

延续西方对乌托邦期待与想象的历史传统，布克奖得主、加拿大小说家玛格丽特·爱特伍，绾合当代生物科技的热门议题，以小说《末世男女》对人类的新乌托邦提出悲观预言，也同对现今社会的种种可能畸形现象，例如跨国贩卖童妓、科技精英新贵族兴起（并压迫弱势的他阶级），与国家（或科技中心）以极权方式控制人类等，连带表达夹着愤怒的异议。

是人造病毒蔓延导致世界灭绝的故事，幸存的吉米在知晓实情，并眼见他所爱雏妓奥丽克丝死亡后，枪杀了他童年好友、也是这一切的幕后筹划者克雷科，并展开他与一群几乎如伊甸园亚当夏娃般无忧也单纯的基因人（克雷科们）共存的故事。

借艺术陈述乌托邦，在小说、绘画、电影或建筑里绝不乏见，用意大半在对完美世界作想象，并借以对照现实的缺憾。爱特伍的《末世男女》，相对之下就像预见悲剧发生的先知，警世话语诅咒般惊人。

全书架构辽阔、企图明显，说故事技巧虽不错，但小说依旧显得匆促缺漏，调性也杂乱)，与《圣经》故事屡屡辉映，似乎暗示人类将临的大灭绝，只是《圣经》造天造地造人类章节的再次启始，隐隐有暗指创世者或就是灭绝者的批判之意。而完美被造物（克雷科们）日后的沦落败坏，与至终的必然再灭绝，也是必会上演的老戏码。

仿佛说着：人类的自我毁灭，是宿命般有如搭乘摩天轮，一圈又一圈自渎也自绝的重复过程罢了！

八〇年代英国史密斯乐团（The Smiths）的主唱摩瑞西（Morrissey），在他显得沧桑、自怜也自恋，有些离世又时而批判的歌曲里，曾经这样唱着：

> 昨夜梦见有人爱我／无望——但也无害／只是又一次误响的警铃／昨夜梦见有臂膀抱我／无望——但也无害／只是又一次误响的警铃／那么，告诉我还要多久，终点那人才会出现？／告诉我还要多久，真实那人才会出现？／这已是老掉牙的故事了——我知道／却依旧继续发生／这已是老掉牙的故事了——我知道／但是却依旧继续在发生

连梦都如此哀伤无望，乌托邦何用？

恩宠

一九三三年，谷崎润一郎四十七岁，发表了中篇规模的小说《春琴抄》。

故事是描述九岁失明的富商女春琴，与长她四岁学徒佐助间，横亘一生的爱情故事。春琴自幼展现三弦琴的天分，日日伴她赴课的佐助，也暗中练起了琴，并终得允诺由春琴授琴，两人间的情愫暗中滋生；但是春琴碍于阶级礼教，不但不愿承认此事，反而在佐助前面骄纵无方，甚至将两人私生儿子，远送农家任人收养，佐助怡然甘心伴护春琴一世，怨言不发一句。

日后，两人搬出独居并授琴为生，关系却如主仆般严厉不改；在一次意外里，春琴被人恶意泼热水毁去美丽容颜，佐助便以针刺盲眼目，以安慰因失去美貌而伤心的女主人。小说这样描述着：

> 春琴就是这样倔强任性，不过这也是只有对佐助时特别明显，并不是对任何学徒都这样。佐助……或许已将她的特别习难视为撒娇，仿佛当成一种恩宠般来理解并承受着。

谷崎润一郎以极优美温婉的文字，铺陈出一段若有若无、也一直悬而未决般款款动人的爱情故事，更塑造出文学史里难得一见具圣性的男性角色佐助。甘心因爱付出一切给仿若目盲命运女神（春琴）的佐助，衷心相信降临己身的一切，都是赐予的恩宠。

令人感动也伤心。

九〇年代崛起的纽约艺术家杰夫·昆斯（Jeff Koons），在成名作《天作之合》（*Made in Heaven*）里，将自身与欧洲知名 A 片女星伊洛娜·施塔勒（Ilona Staller）的性爱动作，以等身尺寸照片及模型作展示，两人也随后因合作而结为夫妻。这系列的作品，同样想处理爱与关系的议题，对阶级对立（中产与 A 片女优）也有着墨，但手法则延续二十世纪后半期，以安迪·沃霍尔（Andy Warhol）为首，视引领媒体风尚为旨意，耸动夸张、奇显怪绝的时代潮流。

Jeff Koons 后续以十米高的花草宠物小狗"Puppy"，在毕尔包的古根汉依然引领风骚，但他与 Ilona 的婚姻，好像不知何时也落了幕。

这样喧嚣世纪末的艺术态度，让人特别感念着世纪前期，如谷崎润一郎这般含蓄也动人的艺术家。毕竟，一个是因爱得恩宠，一个却沦为宠物罢了！

浪漫的雅各之梯

一个从癌症死神中回返来，与丈夫刚离婚，带着九岁儿子，独立在现实中求生存的新西兰女画家，在一次旅程中意外（冲动）买下一座正在拆毁的小教堂，只好亦步亦趋以之后的十年，和儿子共同将这断瓦残垣的教堂，搬移到十七个小时车程外的湖畔，并终于盖起了一座属于自己的梦中家园。

这个作者自述的亲身故事，以轻松幽默并时时自我揶揄的语调，让读者与她同返这趟时光之旅，睁眼看着她如何在盖屋过程中，历经所有可笑荒唐的外行人错误，如何不断与天灾人祸抗衡，更与自己不断动摇的毅力决心拉锯，而最终完美呈现出一座人人称羡的住宅时，旁观者如我等此时，也不能不为名叫黛薇拉、这位素昧平生的作者，起立鼓掌叫好了。

拥有一座亲手量身打造的宅屋，大约是很多像黛薇拉一样的母亲的梦想吧！尤其当看到她的屋前那个无瑕如诗的湖景，屋子前后攀爬绽放的迷人花园，屋内纯羊毛铺成的白地毯，从老教堂以及其他古建筑里搬来的旋转木楼梯、漂亮雕木梁架、石砌火炉与古董家具时，能不心生羡慕的大概是绝无仅有的了。

这本书成功也动人地向我们展现了梦境的确存在的事实，更让在三房两厅的台湾都市样板现实里生活的我们，窥见天堂花园的一角。

但是这甜美的梦境，似乎并无意对羡慕者架出可后继行之的登天之梯。黛薇拉所描述乍看可以徒手也无须大钱的造屋之举，是不是真的只要有毅力与十年时光，都可人人见贤思齐呢？书中似乎有意无意掩盖略去，过程中仍必须主要仰赖专业者介入，以及可能因而衍生庞大工程经费的事实。

也就是说，这究竟是每一个家庭主妇都可做的梦，或者是只能被观赏（并欢笑或艳羡）的他人梦境呢？

英国画家布雷克（W. Blake）在十九世纪初，以《圣经》"雅各布之梯"故事为题，绘出一张异于其他画家诠释方法的浪漫作品。这《圣经》故事是说耶和华在梦里向雅各布显现登天之梯，并许诺雅各布未来子孙无尽的幸福；布雷克画里的雅各布，显出异于他画的开展松弛神情（其他大半是忧虑与惶恐），对上帝这不知是祝福或诅咒的话语，布雷克显出欣然接受的认命达然，而对那个被他绘成旋转形难登爬的（别人都是直的）天梯，也似乎隐隐表露他认为异途（非凡人可攀爬）不用相羡的自在。

黛薇拉写的《我买了一座教堂》，阅读上绝对是逗趣引人也赏心的。可惜处在于，她以一般凡人处境作故事出发点的良好美意，却被叙述时或为了更具吸引力、显得高潮迭起刻意铺陈的情节，冲淡了可能的真实联结，自立造屋与仰赖专业的界限模糊不明，未能成功说服她与儿子的确是主力完成造屋者的事实，而最后展现出来离平凡太远的华宅，可能也丧失了这故事原本与平常人心有可能共鸣共属的机会。

　　雅各布之梯毕竟本来不是为常人所造的。

都市彷徨之犬

近日读了日本著名摄影家森山大道的新书《迈向另一个国度》（大家出版社），引发我对台湾摄影美学去向的思考。

摄影艺术在战后台湾曾经波澜几度，波峰代表者可以郎静山与张照堂为例，近期相对却显沉寂乏力。原因许多，譬如网络兴起，影像与影片的流传迅速，艺术的话语权被冲淡，但另外我觉得也是台湾摄影艺术正处在必须重寻摄影意涵何在与对话者是谁的歧路口。

郎静山战后首先带引起回顾旧山河、兼对语文人山水画的沙龙美学，七〇年代起迅速被张照堂以正视此刻台湾社会时空的现实风格所取代，而这一波潮随即被后继者承接，并与尔后兴起的政治对抗与民权运动（尤其着力于为受压迫者发声的角色）密切结合，摄影艺术因之扮演着某种社会公义代言者的使命位置。

九〇年代后期到此刻，台湾在历经金融风暴与几起巨大天灾后，摄影艺术的角色与任务，隐约开始有着变化。社会整体意识也从过往对自身的名利追求、与期待群体间公平正义的外求性格，逐渐转到对生命意涵与价值的个体内省观照上；也就是说，人们会开始自问生活与存在的意义，同时挑战时代走向究竟对否的议题，慢活与环保态度的兴起就是例子。

一九三八年生于大阪的森山大道，以拍摄都市即景（尤其以长时住居的东京为题）闻名，他自喻是悄然行走在都市人群间的野犬，以特有冷静的瞬间镜头，记录着荒芜也仓皇的时代气息。

这是森山大道在台湾近期出版的几本书之一，强烈的视觉风格，被形容为"粗犷、野蛮、混乱和惶恐"，却能引领年轻世代的热烈回响。基本上，森山大道的摄影作品取材随机也无明确主题，更没有显见外露的意识形态或价值观，美学态度则隐约透露着"反美学"的挑衅意味，以冷静且略带超现实与神秘的目光，带我们凝看并质疑日日生活里都市大小角落的一切。

是的，森山大道最大的特质，就在于那不断以质疑态度来凝看世界的目光。

若将他这样的风格，对比台湾衣旧"相信"摄影可以救世的态度，森山毋宁是悲观与虚无的。但他的悲观或是更深沉地质疑着此时的人类文明，也同时严肃地扣问生命个体的此刻状态，比诸对公平公义的眼下即时价值争取，森山更是宏观地在对时代与人类发出叹息。

然而，为何会有这样强烈的吁叹感呢？也许可以与小他两岁、同被视为日本当代最具影响力摄影家的荒木经惟并看。两人同样成长于战败后的日本社会，亲眼见证人类因过度的狂妄与自信（因此发动战争与侵略他者），而必须回首面对废墟与荒芜的事实，因之对人类本质深沉怀疑，并发展出冷静自省、略带自弃性格的美学风格（这风格也可在日本战后"颓废派"文学大将太宰治的小说里读到）。

　　森山大道的书，让我思考起台湾此刻摄影艺术的位置，因为台湾社会在经历了经济泡沫化与天灾的震撼后，我觉得正往着内省反思的方向倾靠。因此森山大道这样超然于现实时空的冷静凝看，诚恳深刻响应人类心灵虚空感的态度，可能与台湾当代摄影（某个程度上）过于贴近此时此刻现实事物，并意图借以述说人间道理，容易流于廉价同情与愤怒情绪的状态，在相互作对比时，确是很好的借镜与参考。

童话未必是神话

在《水鬼学校和失去妈妈的水獭》的序里，郝誉翔宣称这是"甘耀明创作出来的新式童话"。

这样以"童话"为这本由四个中短篇故事集结而成的书定调，的确引发我们对甘耀明为何要书写"成人童话"的思索与好奇。

以台湾的乡野传奇为文本的这些故事，基本上都是由一个"哈利波特"般、纯真善良的男孩，借着幽默兼奇想的第一人称，所叙述带领铺陈出来的。这样以传奇为文学创作的母土，本来就是现代文学里，被忽视与失散已久的文学传统；甘耀明想直接衔接这承传的意图，自然值得赞赏与关注。

当然，甘耀明的尝试也不那么寂寞，远的想起来可遥呼应蒲松龄的《聊斋》，近的也有司马中原相佐证。

同以乡野传奇为本，蒲松龄的《聊斋》与司马中原的小说却绝非童话，某个程度反而是更接近于"神话"与"社会写实史"之间的位置。但是，神话与童话又有何不同呢？就如李维史陀所认为的，传奇常是神话的初始状态（而非终点），而且神话与历史间的姻缘关系，也常是扑朔交错难断分的。

同样的传奇，只因不同的烹煮方法，就导出相异的结果。

但是，甘耀明是想煮出什么呢？

我觉得其实就是在煮"童话"，因为与其将之与《聊斋》作联想，某个程度《哈利波特》的身影反而更是若隐若现。甘耀明在处理小说的"现实"时，就如郝誉翔所说的："甘耀明非常努力地在'不写实'，将这个世界'陌生化'，而这也使得《水鬼学校》宛如一个自足自在的国度，一座成人的迪斯尼乐园，任何的夸张、吹嘘与不合理，到此都会摇身一变，成为理所当然。"

现实与非现实间的关系，是小说处理时的一个大题目。博尔赫斯曾说康拉德在作品里摒弃了超自然的东西，因为承认它就是否认日常的事物没有奇妙之物，并说塞万提斯的《堂吉诃德》，绝不采用魔法巫术的情节，但他心里其实是喜爱超自然的东西的。

这样再来看甘耀明的《水鬼学校》，这或就是本从民间某种传奇现实出发，并施之以局部的魔法，成为一个自我建构童话世界的小说。

只是，童话未必是神话。

意淫不等于性交

　　李师江号称"第一部半自传私小说"的《畜生级男人》，是第一人称所写七个独立短篇合成的"类长篇"故事。小说泛泛描述一个在北京载浮载沉的年轻男子，生活中遇到各色人物的日常琐事，除了一度是主角女友的小毕外，其他人物就走马灯丑角样地上场又下场，有如没有灵魂的空心萝卜，让观众边嗑瓜子边讪笑，没有真正诞生就一一死去。

　　尽管在李师江第一本登陆台湾小说《比爱情更假》的序言里，尹丽川正气凛然为李师江敲响了漂亮的锣鼓亮相序曲，她写着："师江在其小说中……彻底去除风花雪月的文学色彩和文人气质，不虚伪、不矫饰、不形容、不夸张，而采用直接有效的叙述手段，追求冷酷锐利的文风，直面人生，致力于揭示小人物的自私、低俗、可笑与命的卑贱。"

　　很吓人，既坦荡诚实，又冷淡无情，还夹杂着些微对时代莫名的愤怒。

　　本当是可用之一生的漂亮宝书，但到了两年后的这第四本小说，尹丽川的说法若要继续说服人，恐怕不仅再得自己重新粉墨登场，锣鼓曲调也可能要换个版本与说法了。

李师江在《畜生级男人》里，曾被尹所称赞的"大的诚实"，在新书里只像落入风尘中不甘的文人，对现实怨天尤人地揭露反击，而屡屡环绕全书头尾不去的性的描述，也不过是令人失望、大张旗鼓 A 片的预告，与其后穷酸意淫的反复个人唠叨陈述。

尹丽川对李师江的说法，若放到六〇年代群聚旧金山的垮掉的一代（Beat Generation）身上，也许还适切一点。当时与如今李师江同样年轻的艾伦·金斯伯格（Allen Ginsberg）、杰克·凯鲁亚克（Jack Kerouac）与威廉·S. 柏洛兹（William S. Burroughs），所以能以他们与现实绝对对立不妥协的"无耻"文学，留名文史并继续影响尔后代代青年人，某个程度是在于他们敢于挑战现实的伪善，他们热烈拥抱恶，大胆向堕落欢呼，勇敢也鲜明标杆出他们的真实时代信仰所在；李师江虽然也有恍似类同的口号宣述，却见到向糖衣卖点的靠拢，向本想批判现实利益的膜拜，个人信仰之真价值何在，全然不可见。

我曾经对李师江有些期待，现在却有些失望。

废墟，一种远观的风景？

如同死亡，千百年来无可回避诱引着哲学家们，一一以飞蛾扑火的姿态，意图将这大黑洞与谜团作破解；废墟，同样让古今艺术家们，或颠扑，或朝圣，或迷逢，也屡屡里外萦绕徘徊，似乎不能自已地总要去回首作观看。

难道，废墟也是一个待解的美学谜团吗？

英国艺术史家武德尔德的《人在废墟》，似乎自问着这样的问题。全书的书写方式很特别，首章就以电影《浩劫余生》的最后场景作启幕，接下去立刻跳到多雷版画里暗示的废墟伦敦，再下去更是缤纷琳琅，从辉煌的罗马帝国瓦解以降，西方文明里各领域的艺术家们，一一走马灯地在武德尔德导演手里，快速舞步，翩然现身又闪逝。

事实上，武德尔德是想以散文娓娓道来的语法，说书人天文地理无所不至的位置点，为废墟契置出某种隐性的史学地位。书写有着想切入大众主流市场的意图，却牵挂着太多学界引经据典的习性，不断突兀现身的古今艺术家们，使本想平顺易读的良苦用心，因不易找寻主轴思路与叙事性，而容易感受到太多或不必要的颠簸挑战。

中间几个较完整叙述的故事，可能是最引人的章节。例如谈诗人拜伦如何在十岁时，意外继承了一幢由修道院改建、废墟般的大宅院，然而"继承遗产的骄傲混杂了对家庭破败的自觉与恐惧"，因为他感知到自己就是"破坏家族命脉的那一个"。

武德尔德相信就是"修道院废墟里的阴湿雾气"，让拜伦成为一名诗人，因为"他的天才在古老朽物的潮湿阴影中发芽"。另外他提到像诗人雪莱如何总是与废墟不断错身互视，建筑师宋恩爵士如何迷恋废墟，甚至将之与真实建筑交错互置，这些与其他较长些的故事，也都同样有趣引人。

武德尔德的书似乎想要证明废墟在西方艺术文明史上，一直隐身却强势的重要性。因是，全书频频举证的某种控诉与不平，似乎强过了对废墟意涵，最后的声张与更进一步探索；而且某个程度上，全书也似乎有着对辉煌的罗马帝国，某种无止境的崇拜与哀悼，以及反身对其后整个西方文明走向，不过尽是罗马废墟在夕阳余晖下一道长影的哀叹。

武德尔德点出了废墟应被正视的正当性，但是也让我觉得这样子被观看的废墟，有些如同在自家院子，不疾不徐饮着热茶，同时眺看远处高空一只鹰猎杀雀禽的景象。

虽是死亡，如果可以远观到不见溅血色、不闻哀鸣声，当然可以是极美的一道风景。

　　近观废墟，或难或不难。里尔克在《杜伊诺哀歌》的几句诗，让我觉得废墟其实并不远，而且或也不那么难：

　　　　所有的天使都令人战栗。于是
　　　　屏着气，我咽下喑哑的呼叫，
　　　　而究竟向谁，啊，我们终能乞救？

双重距离外的《半生缘》

张爱玲在《自己的文章》里，说到她写的《连环套》："我当初的用意是这样：写上海人心目中的浪漫气氛的香港，已经隔有相当的距离；五十年前的香港，更多了一重时间上的距离，因此特地采用一种过了时的词汇来代表这双重距离。"

胡恩威以及林奕华的舞台剧《半生缘》，似乎也可用这方法来看，因为张爱玲传奇般的浪漫想象与世纪初的剧情时间，也架构出来类似的距离感。

那么，观看胡/林的双重距离是什么呢？

我觉得是剧中阅读《半生缘》原始文本的几种相异方法。

《半生缘》剧本的台词，都是直接取自原小说，导演不断经由演员独白/对话/旁白与文字投射的跳跃转换，来操作他们所需要的这种"双重距离"。他们并不要我们那么贴近这故事，要我们维持清明的干燥度，因为张爱玲太容易让人潮湿，而张爱玲却是绝对不爱湿了身子的。

时空感飘忽不明却相对又显得明确不变的舞台与造型，以及演员们坐固定椅子的演出方式，可能都是为了让位出来给真正主角的文本来发声，像是为了让耳朵更敏锐，而故意戴上了蒙眼黑布。

这种距离感的操作，在总长三个半小时的演出里，初始显得有些僵硬与不安，导演与演员似乎并不全然对这模式觉得舒适怡然；然而随着剧情澎湃开展，张爱玲的身影悄悄浮现并掌控全场，双重距离外的生疏不安逐渐退位，张氏魅力也终于显现出来。至终，导演甚至某个程度地成功说服我们，这样诠释《半生缘》的方法，可能就是最为恰当的了。

导演选用干冷的方式（客观、自制、不渲染）处理张爱玲，以文本的阅读方式，来调控全剧与观众之间的距离，是自信也大胆的做法；功力扎实的演员们，在被绑了手脚（废武功）后，依然能适当地散出全剧比较缺乏的温度感，十分难得也可敬。

全剧前段形而上的四十英尺长大书柜，在后段转为置满柴米油盐现实形而下琐碎物的架子，似乎暗喻顾曼桢与沈世钧，由初始童真爱情坠转入苦涩现实人间，恰如《失乐园》版本的再现（乐园是永远无法重返的）。张爱玲笔下的女性，依旧泼辣有劲，却总困于命运的戏弄，而男性角色，则依然被自己的个性吐丝般牢牢困住，可笑复可悲；导演对角色的诠释，或是为了强化戏剧感，有些窄化其多面模糊性的匆促倾向，是可惜处（但廖凡饰演的世钧依旧抢眼引人）。

《半生缘》的好处在张爱玲能由原先对笔下角色的叹息与批判，转至宽厚的最终同情；而在胡/林的处理下，原先辛辣的味道淡去，浓浓对张爱玲的缅怀，与对文本瞻仰般的爱，笼罩头尾。

　　花般张爱玲，勾引近代华人创作者不断再诠释，于是塑料花张爱玲、再生花张爱玲、海上花张爱玲……各色齐放；胡／林的《半生缘》，我觉得是干燥花张爱玲。

　　脱水后的张爱玲，动人勾出观者湿润的泪，是成功的。

庞克不死，只是凋零

　　到了晚餐现场时，我还是没有完全弄清楚薇薇安·魏斯伍德（Vivienne Westwood）究竟是何方神圣。前夜在酒吧听一女子，泪光闪烁地用膜拜声音嚷着："薇薇安来了，薇薇安真的来了耶！"

　　那时我还以为薇薇安是某邪教教主呢！

　　薇薇安的欢迎晚餐，我坐在下席远远瞻仰，自然话一句也没得说上，指尖皮肤当然更是碰都没碰到。但这时我耳濡目染，已经对薇薇安有两三分明白了。那夜，看着时尚界大名鼎鼎的坏女孩兼爆破分子薇薇安，无声也无色（却板着脸）地坐那里，吃着什么上海料理。不禁纳闷：这个号称"不同流"的异议者，怎么会这样贤淑入席地变成"同流"者了呢？

　　因距离太远，答案不得而知。

　　但是当然的，薇薇安最吸引我的，还是她在七〇年代以庞克为名，大张旗鼓批判上流阶级美学的系列作品了。她从摇滚族、蓝领酒吧的边缘文化吸取养分，揭竿起义挑战被贵族驯养时尚美学，长期所显露无力、苍白、虚假的自淫个性；向那些被单一标准化的

"时尚"美学，丢出一颗直率、诚实也带点愤怒、迄今依旧余威荡漾的爆破弹，几乎革命成功地要把贵族美学拉下马，让蓝领工人的美学晋升殿堂。

这样下层阶级对资产阶级价值系统的直接挑战，在工业革命后的欧陆并不少见，例如著名的包浩斯学校设立，某个程度就是建筑与工业设计界，在 20 世纪初对工人新阶级涌现的正面响应。而英国作为已两百年工业革命的主要发源地，自然培养出极其坚实的蓝领阶级与文化来；这也是为什么二十世纪后期，许多以工人阶级或边缘族群为本的文化运动，大量源自英伦的缘故。

薇薇安的此时出现，某个程度自有其必然与合理性。

八〇年代起，薇薇安逐渐与蓝领文化脱离，第三世界图腾与英国时尚历史传统，慢慢成为她创作的主轴。尤其是对古典贵族的取样，不管在剪裁技巧，或是马甲、澎裙等语汇的转用上，都可见到她对古典与贵族致意的新脉络。

但这或也与薇薇安现今客层，大约皆是资产阶级而非蓝领，更直接有关的吧！

转战入高价的贵族世界后，薇薇安依旧能以机巧、反叛与幽默，证明自己"身在楚国心在汉"的某种清白性。但是老实说，对她行径这样的转换，我却离奇有着恍如吊丧的遗憾感受呢！

当然，作为一名全球第一线的服装设计师，薇薇安依旧当之无愧。但让我真正怀念与尊敬的，还是她早期那些显得喧嚣、愤怒又理直气壮的优美"庞克"风衣服。

那些衣服才真正说出了时代某些真实的声音。

薇薇安的确来过了，但是薇薇安也离去了！

所以，一起祝福也感谢我们的庞克女王薇薇安吧！

忏情属天、救赎属地

林俊颖的小说总叫人期待又惊心。

《善女人》虽由五篇小说组成，但是重量完全倾圮依靠在中篇家族故事的《母语》，以及力道强悍震人、恍似男同志忏情书的短篇长作《双面伊底帕斯》上。

全书最吸人眼目的，依旧是林俊颖黏腻华丽、又显得干凛近乎无情的迷人文字。但是他这已极具个人风格色彩的文字，在这两篇小说里，却回转出某种耐人寻味的差异性；《双面伊底帕斯》紧密堆栈的视觉意象与美丽音韵节奏，俭约的文句用法，与因语助词错置或省略而生的怔忡质地，让人想到文字炼金的王文兴，嘴角唇间的风味，则有朱天文的回声交响。

若说《双面伊底帕斯》是他过往文字的总大成，那么《母语》可能是峰回路转的新启源口。《母语》的文字，王祯和般地大量采撷闽南语入书写，运用起来鲜活动人，大有舞鹤皮顽的利落身姿，对过往华与丽的追逐，有更大的弃绝自制，对标准国语也有回目的离异对语，这些特质都张挂出他未来在语言上的另一种可期待性。

　　然而文字虽可揽镜自美，毕竟终还是要与意涵共体孪生。

　　《双面伊底帕斯》的文字，用来叙述极其飘忽绝望，望去时扑朔朔白花花日光刺目不能分明的同志故事，有其得体的恰当，因忏情而生的伤悲，与无望后的疏离侧目，游魂般高空穿梭不能止，谱出一篇强度好小说。

　　《母语》文字上的迥异面目，应是搭配家族故事新启题材所并生的。这小说的铺陈贴近乡土写实（与林俊颖过往的偏向现代主义风格不同，当然在技巧上他一直是二者交互使用的），对母土与人事记忆的款款叙述，带出动人角色情节力道，语言与节奏也都漂亮引人，然而题材与文字这样的成功邀舞，在小说旨意的回应上，却似乎没有令人满意的扣合。

　　那个因为子女皆不喜同住养，而忽然失踪影的阿嬷，竟然讽刺的无人注意到，是因离乡的我电话四处追索，才将一切事实揭露出来。类同王文兴《家变》里，那个离家永失踪影的父亲，这个阿嬷或也在象征台湾过往与未来间，被迫自我断绝的文化承传，但是着墨不足，旨意显得微弱不明，有些收尾太快的可惜。

　　这两篇小说相对看，可以见到林俊颖某种新面貌与企图的转换浮现，是对忏情或不再如过往眷恋，对平凡他者或有新的凝目注视，与对母土大地或愿意回归深视。

　　林俊颖在忏情飞翔不回顾，与相信人间仍得救赎，二者间目前的抉择或同走，值得继续观看与期待。

一种回眸的平静

是谁说过，记忆是书写者最永恒的故乡。

陈俊志的《台北爸爸，纽约妈妈》，让我们见到一个六〇年代出生、以台湾为本的个人私记忆，如何可以透过强悍的揭己伤痛，而终于能动人。这是一本同时对家族生命与同志生命作回顾的书写（我并不确定纪实与虚构的成分各多少），也经由这两个故事轴线的并走，铺陈出既私己动人又能宏观时代的殊异风格。

第一个故事轴，是以白手起家的父亲，与不顾家庭反对、为爱婚嫁的母亲，在经济初起飞的六〇年代台湾，一起迅速建立起来看似幸福美满的事业与家庭，却迅即在虚幻的膨胀（父亲外遇与不断扩充的事业）中崩盘的故事。

作为第一人称叙述者的陈俊志，以平淡自制也优美的文字，款款带我们回顾父母如何在他十岁时仓皇逃到美国，遗留他与另外三位姐弟妹，一起托居祖父母，姐姐终于在十九岁时因嗑药过量死去，他自己却从建中、台大到留学，一步步地建构起后来与母亲在纽约重逢的辛酸故事。

辛酸，或不足以道出这本家族故事史的惊骇。陈俊志以惊人的坦率与直接，一一铺陈家族中最阴暗的隐私，其中的起伏波澜，或许人人的家族史皆有类同，但能这样平静地逼视与坦露，给予这本书相当撼人的力道。

另外作为辅助次轴线的，是第一人称主角身为同志的爱恋情史。除了与父亲因之的不断冲突，这条辅线反而让我们见到家族中女性与少数男性的坚韧宽大；以及，在全书哀伤沉痛的基调里，作者借由断续显现的一丝光亮与幽默，来化解命运与时代加予个体的苦痛，透露出悠游自信与不屈对抗的意志。

陈俊志的这本"私小说"，无论在叙述的流畅动人、文字的制约优美，以及情绪的内蕴不露上，都是相当成功的。而更重要的，他不仅勇于剖露自我的内里伤痛，也透过对自己成长时代的记忆与描绘，让我们阅读到某个世代的台湾社会时空影像切片，历历鲜明也真实动人。

陈俊志作为成功导演角色外的这本文学创作，他选择了类同家族回忆录般的生命追索，来铺陈书中主要角色的成长挣扎，让同时身为同志与长子的"我"，在爱与信任的难关里屡仆屡起，一步一脚印地记录，让人不能不动容。在书中，他引用已蔚为回忆录经典、奥古斯丁所写的《忏悔录》里的话："过度的爱与相信使人不洁，失去节制。"

事实上，爱与信任或正就是这本书想扣问的核心。不断异动与流转的人事物，让我们不但无去锚定自我，身体与心灵的流浪与游牧，更成了此刻人间与家族的共同宿命。爱与信任在这样一切流光皆似影的时代里，究竟要怎样地自我安身，早已是待解的文明大命题；因为人人似乎皆是时代与他者施加下的受害者，又是他者所以受害的原因与祸主，是非因果交错难辨。陈俊志并没有直接回答这问题，只是透过不断揭露己身故事与自己的家族史，以平静勇敢的语调与目光，不闪躲地和作为观者的我们遭逢，显现他面对自我与生命时的勇敢。

以家族史为题材的小说，大约是近期台湾文学最繁茂的景象。五六十年代出生的许多作家，都亲身见到台湾农村与社会结构的逐步瓦解，家族的信仰与价值核心，不断随着这样转变而崩散的真实故事此起彼落，所有的离合都可以在瞬间发生，爱恨情愁反而无暇作应对。

这种生命情境的荒谬与不堪，让面对家族史的作家们，在讪笑、嘲讽、愤怒、接受、拥抱与缅怀间犹疑，怔忡间也显露着些许未解的不安。而陈俊志所叙述的《台北爸爸，纽约妈妈》，以异常平缓、宽大，时时淡然自我嘲弄的态度，以及笑泪交加的幽默，标志出可以回眸与正视的观看方式，应该算是个人与时代困局里的某些化解吧！

另外更重要的，是这本书对于战后台湾同志文学书写脉络的继承。编辑出版《台湾同志小说选》的朱伟诚，曾提到这样作承传的书写："自十多年前白先勇的《孽子》出版之后，同志书写虽多，却始终没有一篇长篇小说得以比较完整地呈现表达台湾当代同志生活喜乐哀怒的诸般面向。直到《荒人手记》出现，正式以一个男同志为全本小说的叙述者，娓娓道来他身为同志的成长历程、情海波澜、与我见我思，那些漂浮而没有着落的面向，才终于有了文本的承载。"

陈俊志的《台北爸爸，纽约妈妈》，自然可以（也应该）放入这脉络做阅读，甚至可视之为对当代同志身影描述的延续。若简单地对照看，我们逐渐看到台湾同志的时代身影，已然从《孽子》诸多漂鸟与孤臣孽子、不得不借由相濡以沫的同志社群建构，到《荒人手记》里陷在自困／被困的末世与近乎穷途的样貌中，开始展现出一种以行动的自主自觉、对道德思考与社会制约的脱困、己身存在的必然与合理，来形塑自处的态度与对抗的姿态。

其中，当然不仅止于安身与对抗，仍然有着对"爱"与"相信"的深沉扣问。但若是细究去，大半的恩怨是非，似乎已非客观社会与时代所能主导，反而更是自身／他者所各自取舍抉择。这样的行动力与自主态度，不但化解同志文学惯有的悲情与宿命性格，也给予了角色更多元的伸展空间，文本因之也活泼自在。

当然，"爱"与"相信"应该是陈俊志最念兹在兹的思考主题，而这样因之所"滋生的不洁或节制"，也正是奥古斯丁想探讨的主题。陈俊志的《台北爸爸，纽约妈妈》，是透过他对家族与己身的反复书写，不断让我们亲见到这些身历的阴暗与痛苦，或正是他想用来对"爱与信任"的一种提问，是肉身炼狱后的艰辛扣敲。

家族史是条漫漫长河，其中隐身的记忆何其交织神秘，因为面目从来反复、隐现难料。奥古斯丁这样写着："记忆又拥有我内心的情感，但方式是依照记忆的性质，和心灵受情感行动时迥然不同。我现在并不快乐，却能回想过去的快乐；我现在并不忧愁，却能回想过去的忧愁；现在无所恐惧、无所觊觎，而还依旧能回想过去的恐惧、过去的愿望。"

记忆本是生命最可贵的源泉，虽然也许时如伤口时如花。陈俊志的这本书，正是经由花般灿烂的记忆／伤口显现，让我们得以见到一种回眸的平静可能（与不平静的必然）。

人人都是恐怖分子？

　　自杨德昌二〇〇七年六月病逝洛杉矶后，讨论许多。我先引半年后，黄建宏于文章《杨德昌的台湾寓言：运用妄想症批判法的儒者》里的说法，作为张看杨德昌的起头："杨德昌的特殊之处，就是在新电影的激情与抒情的诗意之外，总是维持着一种尖锐批判的距离，是一种较其他新电影的导演显得更为疏离化的观察，却也有着对于台湾当下社会更为切近的对质。"

　　那么，为何要"疏离的观察"，以及到底要"切近的对质"什么呢？就以一九八六年的《恐怖分子》与二〇〇〇年的《一一》，作为参考影片，来思考杨德昌的话语究竟为何吧！

　　《恐怖分子》是一部对整个世界，充满失望、愤怒与怀疑的电影。基本上，成人的世界已然腐化（不管是对婚姻失望的女性，或是事业挫败的男性，都明显缺乏生存意义的驱策力量），而即将要迈入这世界的两个年轻人（淑安与小强），则显露出对进入这将临一切成人世界，某种强烈的不安与抗拒，甚至因之的拒绝成长与涉入。

他们并不相信这个被建构的世界，而且想要知道这一切背后的真相与事实。因此，淑安与小强分别以匿名电话的欺骗与破坏及照相机的捕捉与记录（是疏离的观察），来作为一己对抗世界的介入与探询，一个是愤怒的肉身破坏者，一个是无信仰的怀疑者，两人想一步步地揭穿某个隐藏的大骗局。

是类同恶与善的辩证对决，激烈也惨痛。而出现于成人与青年（准成人）间，是一道似乎难以跨越的大鸿沟，里面有着关于堕落与沉沦的隐喻，可以直接联想到弥尔顿在《失乐园》里，所描述光明天使露西华（Lucifer），如何瞬间转变为万恶撒旦（Satan），那样善／恶、光明／黑暗对照的典故。

是的，杨德昌电影里的人物，成长的历程都激烈也痛苦，因为他们似乎看穿这个现代社会，众生如何在被世界异化后，只能自觉或不自觉地逐步自我瓦解。而这样的沉沦是如此地巨大，其共构既庞大又无处不在，让个体的孤寂、无力与恐惧，几乎有如面对无边炼狱般的无路可出（是切近的对质）。

因此，《恐怖分子》的空间组成，是建构在有如牺牲祭坛般的外在都市，与阴暗避难所的自我封闭居所二者间，且作出二元般的强烈对比。都市是那个充满着谎言的炼狱，巨大、粗糙与危机四伏，室内的居住空间则破碎、短暂也不完整，难以安身与久居。而等待着这一切的最后结局，则是废墟般大台北城市里，那颗不知何时将爆炸，并毁灭一切的那座巨型瓦斯筒。

堪称杨德昌最完整也成熟作品的《一一》，则继续这同样的辩证，但是视野与角度已然有巨大改变。在这部电影里，杨德昌对生命本质的荒谬与无奈，依旧提出扣问与质疑，多线发展的 NJ 一家三代的故事，人人都是迷途者，仿佛生命本就是一连串无可脱逃的错置与误读。

唯独小男孩洋洋，以不屈服的目光，澄清地旁观这一切的发生，救赎者般无喜也无悲，是有着天使灵魂的人物；另外则是解惑者般的日籍男子大田，屡屡在 NJ 的生命困境中，适时地介入作化解。但是，也就因为能够相信与允许这样外在救赎力量的参与，杨德昌才得以用沉静的诗意语调，款款陈述他对生老病死、宿命周期的看法，悠悠舒缓也冷静自持，没有在《恐怖分子》里，时而会有近乎自我显身般愤怒的话语声张。

这样地隐身与不介入，不仅赋予这影片流畅的诗意，更带出了因距离与遥观而生的难得温润与同情，是那种可以忍心看着眼前一切流逝去的巨大悲怅，也是杨德昌对生命提出的某种答案吧！于杨德昌，生命可能无因也无由，而所以仍然有着巨大的失落感，似乎源于对生命本当纯净无瑕的期待。

于是，在《一一》里的空间建构，我们看到更多对都市从高处的浏览与眺看，有着菩萨低眉对苍生的悠悠怜悯，心情是近乎不动情的接纳与包容。但，这并非虚无，因为可以不动情，杨德昌才可以自在地逼近多线并走的众多角色，让我们细细睇看每一个生命的残缺与不完整，此时的同情已然多于批判。

此时与生命个体心境相关的室内空间与场景，多半轻盈、细腻也明亮，往往以切割／并陈来展现多元的可解读性，并不强加诠释与渲染。而当不可解的困局与争端出现时，则以隔着玻璃窗、框景或透过物件反射的距离拉远开，仿佛挣扎与对抗的意图已经荡然远逝，多元多义与花自开落的生命观，悠然地隐约浮现。

这样一种"隔"的观视态度，也可在洋洋的"背后"照片摄影里，得到生命本无可全然透视与了解，这样有如哲思般的隐喻。若将之比诸《恐怖分子》里，小强赖以证明己身存有的照相机（或淑安介入世界的匿名电话），洋洋这样无现实目的的摄影，反而有着形而上的悠然与自在，没有小强与淑安那样，近乎逼迫自我地、想揭露什么真相的冲动及愤怒。

从一九八六年的《恐怖分子》到二〇〇〇年的《一一》，杨德昌有着巨大的转折，其中细微的原因我并不清楚。但作为任何有价值的艺术创作，其个体的私己性，有意或无意地，往往都可以同时见到与外在的时代性遥遥呼应。

若从这角度再来阅读这两部电影，在《恐怖分子》出现的隔年，也正是揭开台湾政经困局的解严年份，那之前笼罩着台湾的沉闷与郁暗，似乎与影片的氛围清晰相对应；而《一一》推出前一年的一九九九年，也是冲击台湾人心极其巨大的九二一大地震，生命与自然无情地交相倾轧，让生命的省思与哲学，在这块土地上有萌芽的契机。

我无意说杨德昌蓄意回应与预告什么，但或正就是他的不蓄意，以及本质的诚实与不回避，使他从自身困惑出发的思考，也就是对于生命本质的不断扣问与质疑。能广泛地推演到你我的人人身上，甚至遥遥呼应时代的呼吸起伏。

也许于杨德昌，人人本都是自己的恐怖分子吧?

不老京都，尚能饭否？

阅读《京都千二百年》，有些羡慕与感慨。

一是见到本名平安京、这样一座原初以长安为范本的古城市，能历经与周旋在各种历史权力的转换，并屡屡重生于天灾人祸的艰苦挑战，坦然进入二十一世纪，目前生机犹然勃勃，令人敬佩也羡慕！

另外则是对两位作者西川幸治与高桥彻，以及绘者穗积和夫，能这样同费心血地为京都城，书写出一本完整的身世史，不但认真也用心良苦。反身看台湾的大小城市，不免有些感慨这些同样有着各自身世的城市，何时才能得到这样庄重也诚恳的对待呢！

本书虽以城市与建筑史为主轴，但其实涵盖的范围远远大于此，书写铺陈同时触及关键历史事件与政经走向，因为这本来就与城市发展史息息相关，另外对于文化与庶民生活的社会结构演变，也同时对照陈述，表达建筑形式与权力及生活，所具有强烈的互动关联性。

在以时间为脉络的架构下，先框架出原为湖泊的京都盆地，远古的考古资料与神话传说，作为启始的背景。但全书真正的大戏，则是由延历十三年（公元七九四年）恒武天皇迁都平安京，才算真正开始细腻述说，并且接续铺陈到此刻的二十一世纪，企图不可说不宏大。

京都并非第一个以中国方整都市计划观念为蓝图的日本都市，却是最具完整度，与可被溯源辨识其原初风貌的都市。这时期日本也大量引进中国建筑技术，建筑基座、圆柱与瓦片屋顶等中国建筑式样，取代掉日本原来类同伊势神宫、以崛立柱及茅草屋顶传统的风格，奠定日本近世代西化之前长远的都市与建筑基本架构。

京都的规划以中国的风水作观念，整座城市坐北朝南，倚山畔水，东西与南北向各以九条大道，分割出棋盘状的中国"条坊制"城市系统，同样有着紧密内在系统的邻里结构；代表至高权力的平安宫皇城，设置在最北方的中央，正向面对宽度有七十米、纵横南北的朱雀大路，然而现在都已经只依稀留存了。

今日的京都与最初始的平安京，当然有着很大的改变。就是与中国古长安城，也还是有着些差异，譬如平安京并不模仿中国城市设置防御用的高城墙，显示当时两个国家所面对的战争威胁并不相同。原本规划做商业买卖的"东市"与"西市"，也逐渐被沿着街道发展的线性商业行为所取代，逐渐发展出以街道为中心的邻里系统，与原本长安的"条坊制"内向系统不相类同。

这些例子也证明城市与建筑并非一成不变的，她必须随着时间与社会现实，不断地作出调整与改变，才能符合生存的法则。而这可能也是京都此刻必须面对与思考的严肃议题，尤其在十九世纪日本西化运动后，京都作为一个现代城市应当何去何从，不仅攸关她自身的未来发展，同时可作为现代性与亚洲传统城市，究竟有可能与继往系统作出衔接，或者必须是浴火凤凰从头再来的检验点？

西方势力的进入，经由美国东印度舰队四艘黑船的出现浦贺港，严重地震撼了当时采取锁国制度的日本，而鸦片战争中国的战败，更使日本的知识分子，对固有的这个所谓"圣人之国"，出现信仰上的危机意识。

此时的京都，因为天皇在明治二年（公元一八六九年）决定迁都东京，而面临传统与现代角色的双面巨大冲击。当时伴随着明治维新的步伐，京都也自立自强以约五十年的时间，提出三阶段都市发展政策，包括初期对西方学习的文化与教育改革，培育人才提供产业所需，与之后的水道运输计划，促进民间事业的发展，与第三阶段的兴建水道、拓宽道路与铺设电车轨道等，适时地稳固了一度在角色位置上显得彷徨的京都。

二次大战间并未遭受致命性战火破坏的京都，在战后世界性资本浪潮的快速发展趋势下，再次面对着保存与开发的矛盾与犹豫。珍贵也无法取代的历史与文化资产，不再能与人们的生活紧密相连，使得市中心的人逐渐往郊外迁移，年轻人口大量减少，未来城市的定位未能明朗化。

在书本最后的章节，作者甚至还努力提出将京都切成南北两区的建议，主张北边作为保存区，南边作为开发区，有些沿用欧洲城市以旧城做保存，另辟新城做开发的意味，但态度上似乎依旧显得迷惘彷徨，也说出显得悲观的话语：

> 就像人类的生命长度有限，人类的生活共同体——城市，本身也是一个生命体，或许总有机能衰退、寿终正寝的一天。

城市的确是这样的。然而，一直生命延续不绝的城市也是有的，譬如罗马、伊斯坦堡，或是西安。京都此刻的问题，或是在于过度强调她过往历史与文化之美，使她因此停留在过往的时空结构性里，无法响应真实住民的时代需求，因而导致她面临衰微的危机。

或者说，由京都之美所发展出来的强烈城市观光导向，就是她此刻无法前行的原因了吧！美人是否当迟暮？老者还能饭否？或许就是京都定位自己二十一世纪角色时，不能不深思的问题吧！

他不知道手该摆在哪里

啊，卡尔，你不安稳时我也不安稳，而你如今可真正陷入了时代的杂烩汤/因此他们奔跑过冰冷的街道、梦想着炼金术的光芒突然闪现……

《嚎叫》/金斯堡

张照堂的摄影所以迷人，其中散发出来浓浓的哲思意味，绝对是主要原因。这自然也与他年轻时，着迷于存在主义、荒谬剧场、超现实主义等现代思潮有其关联。而且透过这种哲思脉络，对于生命本质的荒谬、虚无以及无意义，所衍生的些许对抗与不屈态度，在张照堂的作品里，也历历可见。

这种失落般的荒芜感，曾经是台湾六〇年代知识分子的思想基调，我们可在陈映真的早期小说、七等生的系列作品里清晰见到斑痕，其中主要透露的是个体对于自我存在的意义，产生了无可回避的探索与辩证追逐，以及不知何去何从的茫然。（而所以会如此，或是因为某种过往所依存信仰的丧失？）

　　这思维态度始自西方/欧陆，所以会发生的原因，是启蒙运动后理性主义的兴起，人与上帝的关系巨大断裂（譬如尼采宣称的上帝已死），造成了心灵上的巨大空洞，这可在齐克果的作品、陀思妥耶夫斯基的《卡拉马佐夫兄弟》，以及后续卡谬、沙特或贝克特的身影上见到。

　　这样的时代心灵空洞，加上民权运动及工业革命所引发的生命动荡感，造就了西方各领域的知识分子与艺术家，波涛汹涌的哲思回复，也蔚为大时代的思想风华。然而，就人类文明的角度细究去，真正用来破解这空洞的答案仍然未真正出现，因为人的自体完整性（也就是尼采所说的"超人"），与因之可取代上帝的替代体，都没能成功酝酿出来。

　　反而，心灵空洞的存在与超人的未出现，让自身陷入了更大的惶然、不安与愤怒里，而这也正是这往约两百年，艺术与思想所以摆荡不息的底蕴。

　　这样的质疑与困惑，伴随着各种激荡而生的艺术形式与思潮，凭借西方文化的强势力量，太台湾战后的第一代知识分子造成巨大的冲击。于我们，人神断裂所造成的创伤，自然不是让台湾知识分子的心灵，能引发同感的原因；反而，是西方的强势文化，对原本所依赖的自体文化，造成了巨大的颠覆，因而也同步地一起彷徨失根。

　　也就是说，台湾六〇年代知识分子的失落感与荒芜感，是肇因于文化主体在面对现代性的冲击下，忽然顿生的无依与失据，因而只能借由西方当时思潮里，对于生命本质的荒谬、虚无及无意义，所衍生具有的对抗与不屈态度，做出自身的发声语言与呐喊姿态。这样的呐喊，我们可以想到一些例子，譬如：孟克于一八九三年的《呐喊》、诗人爱伦金斯堡的《嚎叫》，以及平克·弗洛伊德（Pink Floyd）的《迷墙》（*The Wall*）。

二者（欧陆文明与台湾文化）所以会信仰失据的原因虽然不同，但是彷徨的征态却相近。我会以上述的脉络作出发点，来看张照堂这一批拍摄于一九八八至一九八九年，在美国旧金山与纽约的短暂行旅间，他称之为《行旅·自白》的作品。

《行旅·自白》的整体风格，最容易与张照堂的《第二时期》（1962—1964）的风格相类比。我曾写过对这段时期的看法："吸引我处，恰在于其'抽象地再现个人的或全人类的精神苦闷'，其中著名作品许多，譬如无头无肢的裸体男子、去头像的立姿背影男子、脸容模糊的双男童、弃死在路边的猫，或惶然立在路上的不知名男子等。透过这些近乎仓皇的影像，我们感受到一种巨大的苦闷与困惑，这……同时传达了一种关乎人类与自我心灵状态的挣扎与探索，是更属于泛时空的生命扣问，以及对于大时代的整体响应。"

我觉得这些叙述也同样地适用于《行旅·自白》。但是二者也有其相异处，首先，张照堂的《第二时期》作品，具有强烈的自我观照取向，叙述语调倾向于苦闷后的无声呐喊，有些类同我在同文中对比张照堂与陈映真早期作品时的说法："那是一种青苍的、略略带着怔忡的视眼，有着对世界的些许期待与困惑，以及年轻易感心灵、那自生自觉的幽微感伤"，是易感心灵对未明世界的困惑与回应。

在风格上，则近乎剧场与舞台表演，带着略微夸张的设计与戏剧控制效果，被照体经常是配合演出的抽象角色，人间则是一座可被艺术家控制的离世大舞台，可算是以摄影在做一种复合艺术（也是戏剧、绘画与雕刻）的创作。相对而言，《行旅·自白》则更回归摄影，关注不经意与偶然捕捉到的现实（而非超现实），在构图上显现出对动态不安定（反美学？）的兴趣，尤其对于陌生他者的生命与灵魂，更是有着强烈想探知的好奇。

这种好奇衍生出对于摄影本质的思考，也就是摄影到底是什么，以及摄影又能做什么？张照堂为这系列写的文字里，这样写道："一张照片到底要说什么，有时候是很吊诡的。被拍摄到的人到底在想什么？被呈现的景物是要说些什么？拍摄的人当时在思考什么？相片的阅读者又再想些什么呢？"

对于摄影的行为与作品呈现，提出了显得虚无的质疑，某个程度上，也展现了张照堂对于艺术的本质，似乎不可能得以完整的看法。虽然透过文字的捕捉，确实可弥补（并扩张）阅读照片的"不足"，然而"不完整"的必然，却也深深烙印在其间。

这样的"不完整"态度，确实与近百年来艺术家创作时，深深依赖"不屈与对抗"以确立自足与完整，有着相互抵触性。但是，艺术的"不完整"本质，更接近亘古的精神，也就是相信艺术有其不可自我完成的宿命，必须依赖某种客体的结合，才得以真正地竟全功。

这种观念与态度的转变，似乎尚未能为张照堂的作品风格做出大逆转，但在语言与主体位置上，已有见到移转与修正，譬如《第二时期》在描述心灵无依与苦闷时，创作者的自隐、退让与某种对世界的不信任，在《行旅·自白》时期，已经显现为探询、扣问与略微涉入。

尤其文字的介入，让作品在图像之外，有着文学的想象空间。就如张照堂一九七三年的手记所写："淡海，夜十一时，除了浪声，就是野孩子的笑闹声。一个母亲哄着怀中的婴孩说：'乖乖的，再哭就把你丢到海中间去。'有人丢过小孩到海中间去吗？我拿着相机等待着。"

张照堂认为这些手记"当时似乎道尽心中对摄影的无能驾驭之茫然"，其实这也是大时代创作者的共同困境，以为自我主体的得以完整（类同"超人"思维），因而失却对客体的尊重与信仰。所谓的信仰，自然可以多元也多义，譬如陈映真后期以鲁迅为本、将创作与社会改革做结合的模式，确实是过往一个世纪，许多第三世界艺术家（包括华人），以及张照堂的后继者，所高度依赖的信仰所在。

然而，社会改革究竟是艺术的阶段性目的或终极信仰呢？《被压抑的现代性》一书中，王德威表达了他的质疑：

鲁迅的作品究竟是在高声"呐喊"、还是在无地"彷徨"的两难，便堪称范例，他列示了口国现代作家寻求合适的社会角色时的尴尬。正如安敏成指出的，现代作家对文学的不懈寻求，将以体察"写实主义的局限"——或者说洞识到作家与斗士两种身份不可兼得的窘状——而告终。

这种"作家与斗士两种身份想要兼得"的现象，在台湾艺术界确实不少见（在摄影界可能尤其明显）。但是，张照堂却一直很冷静也自持地避免陷入这困境，也能在服务现实及透视现实之间，巧妙地维持着平衡性，并继续以他的内心呼唤作为前行依据。

坚持诚实也勇敢地面对自己，就是张照堂艺术的最动人处。他的关切所在，是此刻人类的整体原型，不以阶级、文化或种族做区划。这种对"人为何困惑？因何受苦？"的思考，一直牢牢跟随着他的创作，也是他创作的核心。

那么，我们这时代人的"困惑与受苦"，究竟源自何处？归向何处呢？或许就是《行旅·自白》所要述说与思索的主题。在一九七六年的手记里，张照堂这样写着："世界上最苍白的人，是夜宿旅店，三更半夜起来照镜子的人——他不知道手该摆在哪里。"

我们正是那些夜半起床照镜，不知道手该摆在哪里的人。

只是一种谦卑

　　这是一本难以归类、介乎小说与散文间的书写。这样的"散文体小说"（是王德威在形容蒋勋《一只头颅》文章时的用语）特质，而在《台湾新文学史》里，陈芳明也以"他即使是写小说，也还是绝美的散文"来形容蒋勋，仿佛这文体就是蒋勋的小说印记了。

　　其实，蒋勋在写所谓的"纯小说"时，譬如《因为孤独的缘故》（1993）与《秘密假期》（2006），语言与笔法非常地"小说"，而《少年台湾》这样的文体交织，应是蒋勋有意的作为与实验吧！与此风格最为接近的，其实是同样以游走台湾乡镇为本的《岛屿独白》（1997），蒋勋当时在序里这样形容："有点像小说，有点像散文，但大部分的时候，我好像是在用写诗的心情。"

　　这样的文体，能允许虚构与客观的情节铺陈，也能让私己、抒情与论说介入，加上诗意性格的飘散，具有游走与恍惚的特质。基本上，挑战了写实主义意图想捕捉"真相"的基调，比较类似印象派的绘画风格，以光影为人间做编织的手法，因为现实本是永恒的扑朔迷离，可能永远难以明述，也是有些贴靠向自然主义的"不主张"态度。

《少年台湾》的整个书写，落在两大段时间里（1999—2000
与2007—2008），后段的格局与企图明显放大，分为六则作书写的
《少年龙峒》，应是最具完整与有力道的代表作品。浮光掠影里的所
有故事与人物，都背负着不同乡镇与族裔的约略铺陈，但底层所透
露着的，更是想去除所有外在符号与印记，让一切终能都回归到
"人"自身的呼唤，其中有着宽大、怜爱与期待幸福得以饱溢的
情感。

《少年台湾》文字的风格，在端庄豪阔与阴柔唯美间游移，二者
交织互沁。端庄时的韵味，让人联想起蒋勋早期的诗集《母
亲》（1982），在那本书的序里，蒋勋说："我读杜甫，是从心里生
敬，不自觉端正起来。"因此他借由写《母亲》的诗，了解及捕捉
杜甫"美在那种面对人生苦难的谦逊之心"。

而如日本文学里阴性书写的婉约气息，则令人想到陈映真在
《我的弟弟康雄》时期的风格，唯美、哀伤与怜惜均具，譬如："我
年少的青春，便夭折于美的自戕，要使永远无法成人的身体，飘忽
在岛屿尾端一片木麻黄与琼麻之间。……仿佛我在早夭后的身体，
始终依附着这未曾死去苟延残喘的肉身，犹在炼狱的大火中忍受
煎熬。"

康雄的身影恍然飘忽再现。

蒋勋与陈映真的美学态度与蹊径，或者有些部分相近，但两人
的底蕴本质却很不同。基本上，蒋勋歌咏与期盼着美好世界的即将

到临，而陈映真却见到阴暗里盛开放、却注定凋败的白色百合，一个相信人性的纯善，一个对人性本质有着深深怀疑，善与恶的信仰底定，其实才决定各自路途。

在蒋勋最早的诗集《少年中国》（1980）里，陈映真曾经以许南村之名为序《试论蒋勋的诗》，鼓励兼称赞地说："诗再度负起透过具体的形式去思维的性质，从而反映了生活，批判了生活，指导了生活。"一直被蒋勋视为导师的陈映真，在这样有些文必当载道的思路上，必然曾经启发也影响了蒋勋。

然而，在《母亲》的同篇自序里，蒋勋却类同割席断袖似的，说道："我读自己第一本诗集《少年中国》，发现有许多凄厉的高音，重读的时候，格外刺耳。……所以，在这本集子中，大概就可以看到那有时幽寂，有时豪壮，有时激情，又有时颓靡的极大矛盾，也便是我这一时不能自已的心情罢。"

这种或是在大我与小我间的矛盾与摆荡，以及因之对于语言风格与书写主旨的反复思考，是拿捏蒋勋作品时的重点，也可以拿来与《少年台湾》对照相看。若以小说脉络视之，这本书摆脱了《因为孤独的缘故》里对现实失望的虚无嘲讽，也与《秘密假期》中划向自我的内在痛楚相异，是一种回归到陈映真念兹在兹、以生活为本的位置点，用平缓凝看的目光，庄重也冷静地书写着地方与人物的志事，是全然不渲染的白描，一笔一画地填补大画布的单纯劳动与工作。

也许没有陈映真期待的革命激情，有的只是一种属于蒋勋的谦卑，而这或是《少年台湾》在矛盾与摆荡中，意图想着岸的某种尝试吧！在《母亲》的序里，蒋勋这样写着："要对生命的狂喜与激愤，对人生的赞颂与卑悯都逐渐沉静下来，压抑着使自己连灵魂都要颤抖的痛楚，才知道在人生的面前，一个伟大的诗人，只是一种谦卑，对生命的谦卑。"

《少年台湾》的书写，或就是对生命谦卑的尝试与努力。

因我期待，你的呼叫显现

七等生的精选集《为何坚持》，在张恒豪与远景的合作下，令人欣喜也沉重地见到出版，这心情的复杂有如望见某美丽的明珠，终又能灵光再次回旋面世。

自二十三岁（一九六二年）首次发表小说，到一九八九年退休，七等生以质量浩大的创作，交织出战后台湾文学（与世界文学）令人难忘也深刻、既独自又绵密的江流，窥看全貌绝非容易。

初读七等生，必然会惊异于他殊异的文字与叙述风格，进而更会感受到由此所建构起来属于七等生文学世界的迷离。虽说不易解读，还是可以从个体/群体与理想/现实的辩证做启始，尤其早期作品，多半是以一个怀抱某种尚怔忡未明理想的年轻灵魂，在充满制约与禁忌的群体与社会现实碰撞下，如何以文字呢喃的孤独思辨记录。

这样的孤独思辨，转引到寻求哲学破解（尤其是西方哲学，譬如苏格拉底、蒙田与存在主义），手法偏向现代主义色彩，神秘意象与象征会忽然显现，有如神启或召唤，只是困局似乎并无真正出路，小说因而显露略带苦涩的忧郁与隐晦，沟通也显不易。

后期作品（可以张恒豪的"沙河时期"1974—1989为归类）则逐渐将目光与思考，从原本已巍然成形的心灵描述，移注到对身边的他者（尤其是细微的弱者）以及家乡通宵的自然景物上，对生命的思索也从自我灵魂的解救，转到对生命的本质与意义的探讨上。此时，哲学已然不是唯一的救赎点，另一种不可名的隐约召唤逐渐浮露，气息虽然悠悠，却也温暖可信，是一种与大地、记忆及生命连接的力量，犹如母亲般的宽大与温暖，是比较近乎"类神学"的思索路径。

这同时，文字风格也显宽松自在，音乐感依旧强烈迷人，舒坦包容逐渐替代激愤对立；原本作为主要标志的现代主义手法，见到更多写实主义与自然主义的介入。整体上自信也自在，对爱／被爱的探讨，也越见形上色彩的交织。

尤其重要的，七等生小说似乎一直寻求的对话者，也就是他喃喃倾诉的佚名对象，逐渐浮露出来。这对象似乎是个介于恋人与母亲间的完美女性，她持衡地关注、聆听与接纳着七等生所有期待的投射，并不歇地做出幽微却不断绝的回应，是个介于神／人与形上／形下间的主体。在本书前附了篇七等生的文章《何者借她发声呼叫我》，点出这样一个永恒／完美他者的存在意义。

七等生的小说虽然多孕生于通宵，但旨意却能跨乎时空，优美也能历久弥新。在我喜爱的小说《散步去黑桥》里，代表童年灵魂的迈叟（my soul），显身回来与此刻的我重逢，一起散步探访童年记忆的黑桥，两人自在对谈，流露对生命的甜美抚慰，撩人心胸。结尾时迈叟发现黑桥竟是白桥而恸哭，七等生写着：

> 那座桥把河水经过形成的深的断痕的两边接通了。看到这景象，我不再和迈叟争辩是灰桥是黑桥，是木桥是水泥桥；真理在时间中存在，所以我让迈叟尽情地去嚎哭恸泣罢。

能有七等生的文学，真好！

预言与挽歌

　　吉田修一的小说《地标》，对我而言是一则气息微微的个人时代预言，以及余音悠远也深沉的叹息挽歌。

　　这一则预言（寓言）所要对话/批判的对象，是笼罩在全球化游戏规则下的现代日本东京。吉田修一决心碰触这庞大议题，自是一个巨大艰苦的自我挑战，他以隐喻与象征作为小说架构，但是出手却令人讶异地轻巧淡微，读来流畅自然，有如呼吸与流水，影像视觉风格鲜明，让人顺畅走完整个故事，几乎要稍稍不察觉，就错失他意在言外的苦心良意了。

　　吉田修一所以要以寓言来包裹沉重的批判与失望，真正是想直指当代人类在全球化系统框绑下，自甘也无选择地沦为某种奴隶的悲剧性；甚至因此对生命的出口终究何在、救赎能否再现等议题，几乎完全不抱期待与希望，读来隐隐觉得沉重、难以透气。

　　虽然，他观看世界的视角微小也轻盈，却述说着我们极为熟悉也日日流淌的时代现象与迫人现实。仿如一个语音微弱、却声声穿入耳的目盲相士，以淡悠悠引人的话语，智慧又谦卑地说出了我们这一世不可免的宿命悲剧。

小说是以两个同样在三十五层新大楼工地工作男人的故事作开展，一个是在建筑事务所担任大楼设计／监造角色的白领阶级犬饲，一个是外地来打工的蓝领隼人，两人各自平行铺陈他们似乎不快乐又无奈的生活。隼人在迁入东京，加入这个象征现代与进步新大楼的建筑工角色后不久，从美国的网站里购买了能防止勃起的男性贞操带，小说这样形容这物件："可作为男性贞操带，或是预防遭到强暴……""这可以防止勃起，用者可以毫无疑问地小便——除此之外，他只能像女人那样坐着。"

所在谈论的这个阳具，仿如代表着以男性为表征的国家、主权等符号，而被这样离奇地自我阉割（或是被美国网站阉割？），想要对话的他者，应该一则是现代人类在全球化系统下，自我奴隶化的时代现象，另者则是指向由女性符号所象征的文化、传统与道德吧！

小说中男女角色间的关系，显然有着意在言外的辩证含意。

似乎说着，男性是时代的受难者，女性则是陪葬品？

若这样去解读，他形容女性的方式，就显得有趣了。他说："大宫这地方，怎么有这么多看起来像女子摔角选手的女人啊？"男性的萎缩与自弃，似乎与女性的独立、自决与强大，有着必然的对应关联，而且背后造成这一切的罪魁祸首，则隐隐指向那座尚未落成的现代高楼，与躲在钢筋水泥后的某个恶意幽灵。他在施工过程中，不断把贞操带的钥匙，埋入混凝土中，直接表达他对这阳具般大楼，强势地阳刚勃起作姿态的轻蔑态度，小说写着："埋有防止勃起装置钥匙的大楼，直挺挺地在大宫地区勃起……"

批判的是大楼，与其后那个像是恶意幽灵的现代性吧！

是的，这些理性大楼的符号象征，应该就是所谓的现代性，而且这或许就是吉田修一想真正批判的终极目标。他眼中所认为的男女角色混乱失序，只是这样连串时代病症其中一环而已，他另外稍微带到的男同志与女同志关系，因此也都蒙着一种不以为然的烟雾气息。

所以会让建筑工人的隼人决定不再勃起的原因，除了摔角选手般令人有威胁感的女性外，还有带着道德谴责母子乱伦影射的不安，小说写着："不过，在那瞬间，隼人感觉自己是可以强暴母亲的。"女性既有的角色，譬如抚慰、爱、接纳，或是所衍生的传统、文化与道德等意义，逐渐远离不可依赖，甚至有着随时会被他人强暴的危险，而代表这些意涵的女性们，似乎也不再绝对地需求着男性了。隼人感觉得到这两性间对立的浮现，以及自己或终将强暴母亲，阴影日益扩大，除了只能自我阉割与被阉割，似乎无路可出。

的确沉重……

白领的犬饲也没有更显轻松。他与几乎分居两地妻子纪子的关系，渐行渐远，无可返回，年轻的情妇菜穗子，一心向往 4P 的性爱游戏，甚至对他说："……所以啊，该怎么说才好，我希望我们的关系，可以更像只是玩玩而已。"也同样显得情感无可寄身的虚无，有些像他自己所描绘的东京大都会："……只感觉东京像是被什么隔离着，又或者该说是被什么给保护着。"

白领中产的无奈与自囚。

这种虚无的态度，似乎也扣问着现代男性存在的意义。小说写着："假使，把一大群男人聚在一个地方，告诉他们：'随便你们想做什么都可以。'那么他们会采取什么样的行动？会互争地盘，开始殴斗吗？或者是互相谦让，只是一味呆坐在那里吗？不满足于被安排的场所，才是人类的本性吗？或者，尽管抱怨连连，却仍满足于被安排的场所，才是人类的天性？人是因为无法满足，才活下去的吗？或者是因为满足了，才得以生存？"

突然跟一直游戏般来往女友求婚的隼人，在被反问为何会有这念头时，说："……这条贞操带，我不是戴了蛮久了吗？可是谁都没有发现。"他其实是因为意识到自己长期被框绑的奴隶角色，竟然无人能感觉得到的悲剧本质，而忽然"想要有自己的家"了。

但是这样的"家"，却不知在何处呢！

吉田修一这本小说《地标》，调子低沉，在这样时间点推出，让人立刻联想到九一一摩天大楼事件，于是我们感伤、哀悼与控诉的味道，皆可嗅闻。吉田修一延续日本近世代小说家，普遍往"轻小说"与"小书写"方向行走的趋势，用微不足道小人物为轴线，描述背后大时代的阴影；这种书写方法，事实上成功为近世代日本文学树立起不可忽视的新风格，值得认真关注与欣赏。

若拉远看日本战后文学，譬如太宰治的沉痛绝不逊于吉田修一，但他以接近自毁的颓废美学，对时代现象做出唾弃般的控诉，赤裸裸也辛辣辣；安部公房则以仿现代寓言的手法，写出现代人无可脱逃的困境，《砂丘之女》中落入坑洞陷阱的平凡办公族男人，无路可出只能顺服成为奴隶的命运，与吉田修一想描述的世界剖面，其实是一致的，只是我们此刻见到了更微型与婉约的叙述风格，或说是更悲观与无奈的叹息吧！

这小说易读也好看，佢作者态度绝不轻松，意图也不可小估，一如近代其他许多的日本文学作品，绝对值得我们学习。

我自身就是地狱和天堂

　　王大闳先生，除了是台湾当代最传奇的现代建筑大师外，更以深厚丰富也多元的艺术学养，为多方敬仰。而其中，已在建筑界神话般传述长久，书写时间跨越数十年，却一直未正式曝光，有着浓厚乌托邦色彩的英文科幻小说《幻城》（*PHANTASMAGORIA*），终于在同为建筑界前辈王秋华建筑师的翻译下，欣喜现世。

　　王大闳一九一八年生于北京。父亲王宠惠是国际知名的法学专家，曾任中华民国第一任外交部长，以及行政院长、司法院长等职务。独子的王大闳，受到严谨也优秀的教育，包括十三岁进入他称为"毕生难忘"的瑞士栗子林中学、英国剑桥大学建筑系与美国哈佛大学建筑研究所。尤其后者，他与贝聿铭以及过世不久的美国教父级大师菲立普·强生（Philip Johnson），同时受教于包浩斯创办人、后来因避躲战争迁住美国的格罗佩斯（W. Gropius），堪称经典。

　　王大闳、贝聿铭与长年旅居德国已离世的李承宽，大概是台湾最熟悉的首批华人建筑师。贝与王是同窗，彼此偶有书信往返，但一个翩然于国际政商与建筑舞台间，一个据守台湾六十年如一日（王大闳来台湾后，前五十三未离海岛一步），人生方向与建筑态度南辕北辙。

王大闳的建筑作品极多，例如台大学生活动中心、林语堂宅、济南路的虹庐自宅、宝庆路的亚洲水泥大楼、登月纪念碑计划案，其中可为代表作的大约是台北中山纪念馆与建国南路自宅（已拆除）。

王大闳曾说："台北中山纪念馆是我最艰难的设计，而登月纪念碑则是我自许最具有深远意义的作品。"登月纪念碑曾经引发台湾社会的热烈回响，由当时以魏道明为首的社会名流，积极合力推动捐赠这个高逾二十层楼的优美作品，作为美国独立两百年的礼物，后来因政治环境的改变，让计划案终于胎死腹中。

无论如何，登月纪念碑还是让我们见到王大闳对人类的未来，积极也善意的某种期待态度；而他的台北中山纪念馆与建国南路自宅，则是尝试将中国传统建筑与现代性作对语的经典作品，一个响应的是大我的文化承传／符号，一个则是小我的生活／生命语境。王大闳曾说："真正的中国建筑，是简朴淳厚，非常自然的，尊重现有的大环境。明朝以前的中国建筑都比较单纯，我在里面住过，有印象、有感觉。"

王大闳的儿子王守正建筑师，也以单纯来形容父亲："他的生活非常规律也单纯，一切事物都有着自己的位置与秩序，没有任何多余的东西。"还说到父亲被外界谣言说很难与业主配合，王守正对此不以为然，他表示记得父亲如何苦口婆心去说服业主，与如何费尽心力以期待对方能接受理念的诚恳态度。

王大闳相信人的全面发展可能，除了早年翻译并改写的王尔德小说《杜连魁》为人所知外，私下也绘画、作曲及写作。而这本久被期待的《幻城》，应该就是王大闳在建筑之外、最在意的创作作品。

《幻城》是设定在三〇六九年的故事，九岁的迪诺王子被他统领地球的父亲，送上一艘名为"梅杜沙"的宇宙飞船，开始一趟有如奥德赛般、不知终点究竟何在的探险/学习之旅。

这是艘几乎宛如乌托邦乐园般的宇宙飞船，迪诺有与他年龄相近、纯真却又思想成熟的同伴一起学习与生活，也有成年的神父与学者随行，以进行教育与对话，一切都显得舒适、健康也完整。形而上的哲学与思辨，优美的音乐与艺术，不断地流淌在日常的生活，几乎像是某种对古希腊文明里，形而上与形而下的意识，理性与感性的思维，得以在日常生活里，自然交织的向往兼致意。

确实，这样的某种向往（乌托邦）与离世（宇宙飞船）特质，隐约还是会让我想起来《杜连魁》这本小说。王尔德与王大闳两人，其实都曾经同样表达出歌颂古希腊所代表"全人"文明的倾向，并对由理性主导的近世代文明，有着因之的批判。王尔德所哀悼（与戏谑诅咒）的青春之美，或就是这样逝去不复返的过往文明，而与之相对应的，是以现实目的与理性实证为主导的此刻文明，对他而言，这对比自然是极其悲哀与负面。

　　因为，在此时此刻的文明里，青春或美都已经沦为现实交易的某种筹码了。

　　王大闳与王尔德的差异处，即在于他的并不如此悲观。虽然本质上两人都以希腊文明与现代文明的对照，做出感伤似的哀悼或批判，然而王大闳依旧想寄予未知的明天，某种乐观的期待。所以，即令完全知道人造完美宇宙飞船的外面，是"冰冷的无止境黑暗时空"，九岁的迪诺王子依旧要开始书写他的前世回忆录，因为他想要借此，让我们返回到那个"一度曾经拥有的无忧无虑的日子"。

　　小说中不断反复暗示透过吃药而"可以控制的梦境"，与生命可重返的"灵魂再世"（非理性的神秘力量），似乎都念兹在兹地提醒我们文明的不必绝望，以及乐园依旧可以再显。

　　而关于这样梦境／期待的投射点，在小说中是被安排入第一人称男孩的童年生活叙述里，并且与原来奥德赛般的探选／学习旅程，开始以冰冷／温暖、知性／感性的对比方式，有趣地相互辉映起来。

　　小说于焉开展，内容非常地丰富也深邃，隐喻与思辨不断交织。这些就交由读者们，请各自与作者做对话并解读吧！

　　当然，这小说也不免让我们与王大闳极其特殊的成长经验作联想，譬如他在苏州的童年经验，十三岁被父亲送到瑞士求学的过程，以及在建筑领域登堂入室后的巨旋转身，所带出来对生命意义与本质的凝看，以及对人类文明何去何从的某种忧心，引人联想。

　　最后，关于这小说的结语究竟是否有具体呈现，其实犹然难以确认。在小说倒数第二章里，众人对航程究竟意欲何所去，再度提出质疑与讨论，却也以一种无可知亦无可问的方式终结。

终章时，迪诺王子反而"非常清醒，心中默默地想：原来艺术不但可以垄断空间，也可以静止时间"。似乎告诉我们：人类文明的无尽旅程，终点应该必须就是艺术，而非科技或他者。这样的答案，也由迪诺王子在阅读诗集的过程，逐渐进入小说终结的某个未明梦乡里，得到了作者的某些隐约暗示？

王大闳在一九七七年《杜连魁》出版时，所写的《几句说明》文章的结语里，引用了波斯天文学家奥玛开阳的诗句，在此我再引一次，做本文结尾：

> 我将我的灵魂送往上苍，
> 想探知一些来世的玄奥，
> 不料我那灵魂回来倾诉，
> 我自身就是地狱和天堂。

附记：此书是在王大闳老师的九十四岁生日家宴时，我冒昧地主动探询，而能得到整理出版的机会。后来，又得到同为建筑界前辈王秋华老师的允诺翻译，才得以与典藏合作，完成这个出版的工作。因为原稿的打字与手写页次的凌乱，使翻译的过程相当不容易，若非王秋华老师优秀的语文能力，以及高度的耐力与专注力，本书是绝对难以如此呈现的，仅在此致上高度的谢意与敬意。

我的名字叫漂泊

月前，才从包括伊斯坦布尔在内的一趟旅程中归来，吐纳思绪里还萦绕着那个气息浓烈特殊的城市，以及对帕慕克小说与其人记忆的回想。就忽然一夜里，听到友人在电话里急切也兴奋地说："帕慕克得了诺贝尔文学奖了呢！你一定很开心吧！"

让我一时愣着了，好像什么好运同时也不觉降临到我身上了呢！

真的是这样吗？

细细回顾，帕慕克两年前来台北那趟，因为主办单位善意的安排，的确让我连续三天与他有着近距离的交会。其中一夜是在某老旧公寓里的私人晚宴上，宾主如达文西最后晚餐的两行列坐，含笑有礼地进餐兼看传统戏曲演唱；那夜因为坐得远，没得和帕慕克说上什么话，只偶尔远远瞄看他一眼，觉得他和善也亲切，但同时似乎一直警戒着自我内在与外面世界的距离，不曾放松。他的个头很大，神态谦和帅气，肩背有些微鬃，大半时间是笑着的。

另一日是与其他人一起的公开对谈。究竟说了什么已经模糊，只记得那日我说到他有着双生灵魂的躯体时，他侧头出来特意看了我一眼，神态奇异难忘；那时我把他拿来作比喻的，是我喜欢的但丁和里尔克。

最后那夜，我一人陪他逛台北。去到了永康街一带，他忽然问我，附近有书店吗？说想去看他新出的书。我带他去到附近一家连锁的书店，心里有些担心，怕这家并不以文学书为主的店，说不定看不到他的书呢！幸好在一楼的平台区找到，他看着自己的书，显得谨慎也认真，还小心问我对这家出版社看法等，显示他对在台湾出书的看重态度。

我和他走在永康街的小巷里，并不彼此多说话，因我一直觉得他尚未能全然放松，所以刻意不问他太多问题。后来他买起来一些台湾的旧物与玩具，逐渐开心了，两人甚至坐到永康公园的凉亭，在习习夜风里，吃路边买的切片水果。

那夜，他让我感觉得一个杰出作家细腻的心思，不但对外在一切有着锐利的观察力，同时内里的思路聪慧敏捷，不时会跳出让我措手不及的问话来；反是到最后，帕慕克与我同有的建筑背景姻缘，都不曾说起来。

如今再回想，觉得与他恍似一度又接近又遥远。

阅读帕慕克的书（我目前读过三本），可以清楚感觉到他与近代欧洲文学传统的关系。他的文字透出浓浓与现代文学经典相承传的血脉关系，尤其是与法国文学那种贴己浓密的诗意气息（譬如普鲁斯特），与对现代主义以降的各种技巧运用的对应，都可见出他的才气盎然，且多面向俱全的文学书写能力；另外我觉得尤其难得的，是他对于正宗文学典范，所有的既承续又尊敬的态度。

整体上，我觉得帕慕克是个有着端庄与娴熟双面气度的大家。

他的作品里，散出一种永远漂泊与不定的中心主题。他以自身、伊斯坦堡与奥图曼帝国为叙述轴线，漫漫陈述着历史与时间，加诸人类的沧桑与无情，以及心灵匠之而生永恒漂泊的宿命性格，某个程度地，似乎遥遥呼应着《奥德赛》那样亘古悲怆的神话传统。

帕慕克的书写调性是哀伤与悲观的。这固然与他天生的气质，以及他成长的大环境有关，但本质上，我觉得他投射的并不全然是这个时代与社会的现状，更是人类必须各自独自面对的永恒心灵何在问题。在这点上，我们尤其可以看到他与二十世纪文学大家们，如乔伊斯、卡夫卡、卡谬或赫拉巴尔系统中，那种对心灵深处某种恍惶孤独状态，不断深掘扣可的相呼应处，以及与衍生这传统源处的希腊文化与神话，至终的遥远对话。

因此，虽然帕慕克的小说架构上，会屡屡引入与伊斯兰文化的关联性，譬如《我的名字叫红》里，那样将编织刺绣的文化传统，转化成写作的文体风格与技巧，就令人称奇；然而这技巧固然缤纷也炫目，我们依然可以见得出，帕慕克还是归属于西方文学的正典系统。

或也因此，帕慕克就显得尤其地漂泊。文化的跨身并骑，并不必然意味着共融，或反是矛盾与疏离的源处呢！他在书写与言论里，对自己文化与社会的某种批判位置性，也反映了他定位自己的文化位置性。作为一个有左派倾向的自由主义者，他对八〇年代以后的土耳其政府，自然有着许多的批判性，然而在他的文学里，这样的态度却被隐晦地包藏起来，并不能清楚辨读。但是，这也使得他的小说，在情节丰富引人与意象光彩鲜明之余，旨意很难一眼看出，好像隐约另外有着什么所指，格外引人好奇了。

但这样的旨意隐晦性，有可能目的就是在直指当代的某种现实处境，当然也有可能是在呼应遥远神话里，那样更广义的人类价值，究竟真相为何，暂时还很难去论定。

帕慕克对土耳其国族主义的抨击与揭发，必会招来许多后续争议性，然而碰触这样的议题，自也有其双面刃的利与弊。作为令人尊敬作家的帕慕克，与介入敏感政治议题的帕慕克，二者间的关系究竟为何，或也同样是必须等待时间之河清澄后，才得以清楚看分明的吧！

就像现今纷扰不能休，华人文学界对鲁迅的看法，也终于不免有着要将他的文学性与社会性价值，分而审之的趋向。文学与时代（尤其政治观点）的关联，是书写者在自免与自承间，类同走索人般必然要面对的悬心处所吧！

帕慕克到目前我所知的文学书写里，我不觉得他的经典作品已然出现，但我依旧对他深有期待，因为他与文学的某些永恒主题，已然建构起初步的对话性，尤其是在关于人类心灵的永恒漂泊感这样的主题上，而这是绝对令人敬佩也羡慕的。但是，他到目前所显现，某种摆荡不定与双面着陆的隐晦个性，也令人有些为他担忧，因为毕竟真正在时光里能永存的那些创作人，不管在面对一己生命与永恒宇宙时，都是以决绝也明确的信仰与态度作应对的。

帕慕克肩负着第三世界与伊斯兰作家的双重身份，必定是承受着某种甜蜜的祝福与重担；然而以他到如今所呈现出来，显得相当稳定的书写能量与节奏性，希望也相信他将不至于被这样的荣誉与纷争所扰乱，而能够在他仍然被广为期待的未来时光里，继续写出他真正内在话语的小说来。

加油啊，帕慕克先生！

赤裸的男人

克里斯托弗·艾什伍德（Christopher Isherwood，1904—1986）不管是作为一个生命个体，或单单去凝看他的文学作品，都一样引人。低调沉静的灵魂本质，熊熊烈火般的生命热度，与那时代年轻心灵共有的漂泊与自我放逐个性，交织出他既私己又开阔的独特文学与生命印记。

艾什伍德是个冷静、也细腻扫看周遭世界的作家，作品几乎都带着半自传的色彩，与他的真实生命隐约层层交织，因此特别值得在作深入阅读前，先行掠看过他的一生。

他出生于上层的英国中产家庭，幼时随担任陆军军官的父亲四处迁移，后父亲战死于第一次世界大战。十岁时他进入公立预备学校，初识了尔后著名的诗人奥登（W. H. Auden），两人并在一九二五年双双成年后重逢，结为文学与探索生命两条路径上的伙伴。

奥登无疑是艾什伍德生命初期的重要人物，两人以朋友、伴侣与文学共行者的关系轻松联结，并维持着久远的友谊。在整个烽火动荡的三〇年代，两人合作了三部剧本，同往柏林（当时魏玛共和国的首都）欢乐共行，也铺陈了艾什伍德的短暂定居（在那里写出驰名的早期作品《柏林故事集》，并与一柏林男子发展了挚爱关系），乃至于一九三八年赴上海旅游，随后在英国加入二次大战前，携手迁往美国等共同经历。

一九三九年艾什伍德定居南加州，以写作及教书为生，创作依旧不断，完成于一九六四年的《单身》，是最被称道的代表作品。一九五三年四十八岁的艾什伍德，遇到了十八岁（另说是十六岁）的男子唐·巴卡迪（Don Bachardy），发展了出乎众人意料、三十余年的终身伴侣关系，成就广为人知与称颂的恋情。他们面对当时对待同志文化依旧保守与封闭的社会，也克服几次因两人在年龄、阶级与背景差异而起的风暴，向世界展露互爱与互信的关系可能，对同志文化的影响极其深远。

小说《单身》描述伴侣刚车祸死去的男同志，孤寂而恍惚的一日生活。这位年近六十名叫乔治的独居男子，有着些许艾什伍德的身影投射，同样在大学教授文学，住在一个中产、保守、毫无善意的小区里，像玻璃缸里愤怒也寂寞的斗鱼，在日日对抗中逐渐乏力与失望。艾什伍德描述晨起的乔治，见到蚂蚁袭上厨台，立刻以杀虫剂将之扑杀光。

然后意有所指想着："生命体在万物之前摧毁生命体，而这些观众——锅子、平底锅、刀叉、瓶瓶罐罐——在演化王国里无足轻重。为什么？为什么？难道宇宙之中有个敌人——一个大暴君——诱使人类和大自然的朋友成为死对头，好让人类看不见大暴君的存在，好让人与万物同遭暴政荼毒?"

小说背景落在一九六二年的南加州,距离一九六九年同志运动分水岭的纽约"石墙事件",还有一小段时间差,此时社会意识的压迫与歧视,自然依旧无所不在。小说描述乔治与不断来挑衅邻居孩童间的关系:

> 乔治为自己对小孩大吼大叫的行径感到羞愧,因为他不是在演戏,而是真的情绪失控,事后他觉得受辱,气得想吐。同时他也明了,邻居小孩其实希望他表演怪兽的角色,而他的表现正中下怀。……他们对他毫不关心,只把他当成神话故事里的人物。

但乔治一无所惧,依旧独自对抗这个庞然"注定毁灭的小世界",一如艾什伍德在现实里,七〇年代起积极扮演的同志平权代言人角色,无惧也无悔,因为"乔治说,怪兽种类何其多,他们独怕小小的我"。所以必须如此去对抗,因为"这世界促成了吉姆的死去"。

对于外在社会的愤怒与对抗,随之就转到学校的课堂,在这里乔治重拾自我尊严,以知识与风采赢得学生认同,虽然有时依旧觉得自己"在街头兜售五分钱一颗的真钻石",略显感伤吁叹,但整体而言是怡然自重的。

上课时学生提问纳粹仇恨犹太人的事,乔治借机讨论了仇恨与爱的关联："你被人迫害的同时，你会痛恨自己的遭遇，你会恨主导这种遭遇的人，你会陷入仇恨的世界。就算碰到了爱，你也认不出来！你会怀疑爱的真实性！你会认为爱的背后另有居心——动机可议——可能暗藏诡计……"

敢于直接探讨同志的社会情境，是这部小说的关键主轴，也是赢得许多赞誉的原因。但回到小说艺术来看，艾什伍德在处理这样庞大与沉重的议题时，懂得将幽默、哀伤与沉痛的情绪并置，宏观议论与私己生命交织，借由细节的隐喻与象征，带出内在蕴藏的庞然絮语；客观描述时清淡优美也不失幽默，主体叙述者不作强势介入，仅时时以同情与怜悯作萦绕，读者既疏离远观，又温热贴里。

全书前段显得精心铺陈与昂然对抗，后段就格外流畅迷人了。下午先去医院探望重病中的女性友人（她曾与吉姆有过一段情），晚上去英籍女性老友家晚餐，分别探触了死亡与故乡（自我放逐）的话题，譬如在医院里：

乔治已有好一阵子不捧花过来送她，也停止送礼了。现在他从病房外带进来的东西，丰也不具任何意义，连他自己也一样。……然而，她的执著不显得自我中心；她的执著并不排斥乔治或任何想掺一脚的人。这份执着的焦点是死，任何时间、任何年龄、有病无病的人都能依偎过来惺惺相惜。

对乔治依旧情怀憧憬的英伦女性老友，晚餐后半醉时，说到故乡与自我放逐的关联："女人就是这么单纯，非守着扎根的地方过活不可。我们是可以被移植到别的地方去，没错，不过一定要随着男人移植，而且条件是被男人移植以后，男人必须待在我们身边，陪我们枯萎（wither）——讲错了，应该是帮我们浇水（water）——我是说，移植以后，不浇水的话，根芽会枯萎……"

乔治终于半醉离去，并逛入居家附近的空寂同志酒吧，忽然见到白日上课的某男学生独自在内，让他惊讶也欢喜，同时开启了本书的高潮与救赎可能。借着酒精的协助，两人迅速开始愉悦的对谈，完全无视两人间的各样现实差异（一如现实里艾什伍德与巴卡迪的状态）：

乔治几乎能感受到对话的磁场环绕两人，激荡得两人炯炯生辉。……因为从肯尼内心散发出来的不仅仅是智识，也不是任何一种形式的假魅力。老少两人对坐着，面对着彼此微笑——远超过微笑的层面——绽放相知相惜的喜悦。

一切现实的界定与评断皆退去，唯有两人间升华的默契闪亮着，是一种近乎乌托邦的心灵境界，令人艳羡与欢呼。忽然起意一起去海滩游泳，仿佛回到赤裸与纯静的原初状态："急于接受净化仪式的乔治再向前蹒跚几步，张开双臂，以承接浪涛的冲刷洗礼。他把身心奉献给海潮，涤净思想、语言、情绪、欲望、身心、整段人生；

一次又一次，他重出水面，每一次都变得更清洁、更自由、更少。"

单身者的一日生活，与海潮般的生命不断澎湃作对语。年轻男学生无疑就是此刻生命的救赎者，乔治在这样一日的终结时，悸动也忧心，但至少他明白明日是值得期盼的。

艾什伍德的小说《单身》，让我想到亨利·米勒的《北回归线》，以及乔伊斯的《尤利西斯》，因都有着一种逝去家园者（旧文明？）的哀伤背影与身姿，只能在此刻的一片荒原里踽踽地独去，不愿流连回顾也不露出湿润泪眶，仅是以略带揶揄、嘲讽，甚至愤怒的文字，即兴也无心地记录了一小段私己生活的破简残章，像是某种未明的预言或无情悼文，故作忙惚无心，其实沉重有意，因为秩序与信仰正崩垮中。

因此，也可以想象，这本小说正延续着一个西方近世代极重要的创作主题，也就是自尼采与史宾格勒以降，对于西方文明（或说是人类整体文明）正没落中的昭告，以及在这集体失落状态里，对于孤独个体如何重建与救赎的苦痛思索。譬如，始终面目模糊的前情人，不但无预告地死去，还有如坠落的文明，亡魂般笼罩了乔治的日日不安与不幸，难以脱逃。而年轻男子新生命的忽然出现，恍似救赎者的可能再次降临，暗示一切不幸的终点，以及乐园重返的可能，也是一种强作乐观的结语？

不论如何，我们总是看到了一个诚实也赤裸的心灵，如何不断作着自我内在观视，又不断转目注视汪洋大世界，冷静也焦虑，期盼又哀伤。因此，艾什伍德一如许多20世纪的杰出作家，绝对算是个反英雄者与个人主义者，诸神远去，神明不再，幸福只如一片孤独的扁舟，一切都不在乎地踽踽独自漂前去……

我喜欢艾什伍德，因为这小说让我反复看见自己。

赤裸者与萎缩的梦

　　巴勒斯的这本《裸体午餐》，与金斯堡的《嚎叫》、凯鲁亚克的《在路上》，毫无疑问地，一起谱出了令人念念难忘的六〇年代"垮世代"文学三部曲。

　　他们三人所掀起的这股时代波涛，应该是二次战后最震撼人心（可能是仅有的一次），能够成功为人类集体灵魂发出的文学呐喊声。在我看来这三部曲各有其意涵，金斯堡的诗集《嚎叫》，是对过往与现今一切制约的绝对对亢及否定；凯鲁亚克的小说《在路上》，则是充满独行勇气、朝向未知荒芜文明迈步的浪漫宣告；而巴勒斯的《裸体午餐》一反其向，是想借由彻底沉沦，以意图求得自我终极救赎的大胆交易与尝试。

　　三本书恍惚对话，共同为时代炼金兼指路。

　　其中，最难破解的自然是《裸体午餐》。首先，是这书放弃我们所熟悉中产/知识分子的优雅语言，直接引入社会底层人物的各样俚语与暗话，拉大了语言与读者的熟悉距离，同时注入一股强劲也新鲜的奇异味道，而究竟是腥膻或甜蜜，难以辨明。另外，就是看来章法全无的结构模式，让初读者会有入迷宫或是面对四散拼图的错愕与惊慌感，并感知到恰如他所说的"你可以从任何交叉点切进，开始阅读《裸体午餐》"，有如在捕捉无因无痕的什么神启话语。

巴勒斯对此有着说法：

> 《裸体午餐》一书跳出书页，喷向四面八方，有如万花筒里的景观。它是一个组曲，由曲调、街头嘈杂声、屁声、喧闹欢叫、商家拉下铁门声、痛苦感伤的尖叫、被害者的呐喊、猫儿的交合叫春、鲶鱼离水的哇哇叫、墨西哥巫师服用肉豆蔻陷入迷幻状态的喃喃预言声、曼陀罗草被扭断脖子的大哭声、高潮时的叹息、海洛因有如黎明降临饥渴细胞的默默声、开罗广播电台喧嚣如烟草拍卖会的疾呼声，还有斋戒月的笛声，它像风扇吹拂病蔫蔫的毒鬼，声音类似灰色黎明时刻的地铁站扒手以手指轻巧摸索醉酒客身上折叠钞票的塞窣声……

是的，各样鲜明意象不明所以蜂拥而至，有如走马灯般连续不歇的幻觉，穿进又穿出。是的，每个入口都是出口，每个出口同是入口，每次出入既是凝看也是批判，难分也难明。

是一个可以在意识里无限蔓延，因而忽然在现实里萎缩不堪的梦境。

那么，巴勒斯究竟意图何在呢？

我读本书前半段的时候，会屡屡想起来热内的《繁花圣母》。二者都对中产阶级倚赖至深的理性意识做出严重反批，对因此而生的意义性／道德观／价值系统彻底乍颠覆，于是也同时挑战与探索黑暗／腐败／丑恶的核心所在。我觉得巴勒斯在写此书时，热内的《繁花圣母》是存在于他的脑海里的，尤其是前半本书，他的意图有可能是致意，也可能是一种对自我的挑战。

当年为巴勒斯誊稿的凯鲁亚克，四年后在给友人的信上说："（巴勒斯）写出了继热内的《繁花圣母》之后最伟大的小说。"暗示了二者的姻缘关系，也给予《裸体午餐》极高的评价。

这二书固然有其呼应处，但也各自代表了其独特的意义。二者皆是以破碎的结构及下流的底层语言作铺陈，然而热内却屡屡以极度诗意的语言切入作化解，在高贵与卑贱间徘徊游走，对天主教所代表的圣化与救赎，也频频作出依旧祈求与盼望的信徒跪祷姿态。相对于热内，巴勒斯则露出对沉沦与自弃的绝对迷恋，对人间一切不堪现实处境的无悔沉溺，以及对所谓神启与救赎的唾弃，或说是他认为唯一的神启与救赎，只能源于自身的内在，而非那个既可疑又不可信的遥远上帝。

简单地说，热内与巴勒斯虽然站立的位置点很接近，但热内探望的方向，是即将沉沦消逝的古典精神，这包括基督教与希腊文明的传统，因此《繁花圣母》真正透露出来的，是一种极大的哀伤与惋惜，一种不可挽回的悼念感。而巴勒斯望去的方向，却是战后无限开拓的荒芜现实人间，古典的一切早已于他是废墟，无意也无足回顾。这样的心情，比较像是弥尔顿写《失乐园》里，被逐出乐园外后，亚当与夏娃当时的心情：

> 两人回首怅望着刚才还是他们幸福住家的乐园东侧。在它
> 上面有一柄剑，转动生焰。门口则充满了可畏的面孔和烈火似
> 的武器。亚当和夏娃黯然垂首，默默流泪，怅然离开！
>
> 世界展现在他们面前，他们将在那里卜居。一切都谨遵神
> 意。两人心情凝重地走着，走向伊甸，走向苍凉的人生……

是一种面对苍凉人生的态度与心情吧！

这部分其实也可拿来与乔伊斯的《尤利西斯》，作写作方式与其
意义的联想与对比。二者同样以非理性的意识作为书写导航器，借
以积极捕捉内在心理潜藏的未明脉流。但是乔伊斯频频想作对话
的，依旧是那一去不复返的古希腊文明，一个早于基督教的西方文
明传统，一种即将被"现代性"所摧毁的古典精神与神话气息。而
这部分对巴勒斯而言，早就荡然无存，他面对的是"后现代"的废
墟与荒芜感，是一个等待重建与回答的空无新世界，一切都必须从
头再来。

关于书写，巴勒斯在书末这样描述：

> 作家只能写一种东西：就是当时他的感官所知所觉……我
> 只是个记录仪器……不妄想强加"故事""剧情""脚本"……
> 目前为止，我只成功"直接记录"了某些范畴的心理运作。这

些范畴，我也只发挥了部分潜能……我可不是取悦众人的艺
人……

巴勒斯的确无意取悦人，某个程度上，我们甚至可以见到他其
实具有与热内及乔伊斯，相当类同的反沟通个性，这其实也透露了
他们三人对沟通的不相信。乔伊斯与热内所怀疑的沟通者，自然是
那个令他们失望，也同时期盼的耶稣基督与希腊神话。那巴勒斯的
对话者是谁呢？当然不是上帝，在这里反而暗示了一个替代的新
神，也就是本书书写主轴的毒品。的确，毒品是本书真正的主角，
一切都绕着它对话，一切皆因它而生，也因它而亡。

毒品就是巴勒斯膜拜的神，与同时唾弃的魔鬼。或者我们也可
以把这本书视作一趟宗教之旅，并且上帝果然如约重返，只是它此
次却以毒品为冠冕与宝座。重返的上帝允诺我们无尽的自由，而用
来制约我们的魔鬼与天使，却同样就是那毒品。巴勒斯说："海洛因
就是家，是水手返回故里，与男妓行骗后的重返地。"可是这归返
地，却屡屡让他生出迷失感，在书中他写着一次大麻嗑多了，回到
居处看着客厅，忽然不知自己身在何处，而且害怕自己将会开错
门："我不知道自己在干嘛？也不知道自己是谁？"

若是这样看，我们甚至可以说《裸体午餐》，真正的批判与挑战
处，并不仅只是外在客观的那些乏味中产阶级，反而更是如何在这
样荒芜世界里，重新定位自己的问题了。毒品是他竖立的新神，但
他似乎已经不再相信了，甚至随时准备打碎这个新偶像。

那，要如何驱走与戒断这个不再信仰的新神呢？他描述说：

> 　　断禁期间，你总闻得到也散发出死亡味道……戒瘾中的毒鬼会让整栋公寓充满死亡气味，不堪居住……但是开窗透透气，就会让公寓充满味道，活人能闻……烂打血管的人，如果突然施打次数成几何级数跳跃，好像森林大火在树梢飞奔蔓延，你也会闻到死亡的味道。
> 　　治疗方法永远是：放手吧！跳下吧！

放手什么？跳下去哪里呢？

也许是说，更义无反顾地向死亡深渊跃进，以放弃自我的个人死亡，来对抗这个难以驱走的新神吧！巴勒斯是个有趣也难测的作家，他不像乔伊斯那样迷恋于故布疑阵的自我乐趣，而是引我们走入他意识得到的那座迷宫里，一起恐慌迷途。他书写的位置点，非常贴靠向社会底层的边缘人，但他对这些他所拣选的被书写者（男妓、异教徒、有色人种等），显得既批判、轻蔑又深深地同情，态度难以清楚辨明。他以非常淫秽悖德的姿态，几乎强暴似的与这个他所厌恶的世界激烈做爱，然而在即将高潮射精之前，又忽然宣称他坚持要在体外射精，以达到圣洁避孕的宗教要求。

某个程度上，这本书像是为因失去自制，不小心染上毒瘾，某些可怜卧底者而写的忏悔录与劝世文，也像是记录着新神的一群新奴隶，在囚禁室吐露出来的不甘衷曲。

而这些卧底者与新奴隶，其实就是你、我与巴勒斯本人。

有如一代枭雄的另一个巴蜀斯，则是永恒坐在厕所高墙上的少年天使，反复又反复地对我们吟唱着：

午餐当然永远是赤裸的，食者与食物皆然！
午餐当然永远是赤裸的，食者与食物皆然……

赤裸者，无可掩饰，也无踪可逃。

哀伤是我怀中镜

小说的基调是哀伤的，但林文义将这情绪处理得微微也淡然。

第三与第一人称间摆荡的叙述距离，留出内剖与外观间含蓄进退空间。小说破局多半利落直接，中途的绵密牵引，则有着文学大传统里现实主义的架构，但手法切引入现代主义的明快简约特质，二者交错运用，显示作者的笔法技巧，尤其在结局收尾的戛然而止，清楚显现轻小说的利落与不语风格。

观看人生的位置点，多半是回眸的中年男性，沉静款款吐述着暗隐的某种沉痛，是亲见到人生的寂寞与哀凉，窥视了生命本质某些荒谬与自愚，其后发出的缓慢絮语。

并不哀叹，只是露出怔忡神情，张望着。

小说里千丝万缕的情感，如手中仅余纸牌，打出去又忽忽欲收回，便半空中兀自晃荡……

张挂着面具的幸福，怎样也不愿让人识出真面目，微笑，遥遥望着你我。

记忆青烟般悠悠闪现，如花开谢。

这小说是当放慢阅读速度，以接合入作者的沉缓吐纳。虽然亦可以轻松飞掠去，但慢读或可看到另种语言风景，以及更重要的片段——作者略显哀伤的心情。

这是本现实主义的小说，伹这书同时让我思索，此刻现实主义小说所面对的现实究竟为何？或者说，应当面对的现实又是什么？

林文义在现实主义里成功融入现代主义的简约与利落性格，超现实的身影偶现，却与八〇年代后，华人文学界蔚为风潮的魔幻手法作断离。致意处，大约是台湾文学顶峰的七〇年代，分别是现实主义与现代主义舵手的陈映真与七等生。毕竟，从那遥远的美好时代，两位大师依旧缓缓向我们微笑挥手，从未远去。

林文义写小说定位的现实点，自然已非陈映真那样既忧郁又理想的某种乌托邦，也不是七等生羽锁构筑的生命荒漠，与甘美拥抱自我救赎哲思源泉的情境。林文义抒情也浪漫的情怀，让我们感知他其实与陈映真有着类同的内在脉动，但是现实于他却更逼人眼耳，几乎无从脱逃，也不容憧憬幻梦，只浪潮般缓缓一波一波袭来，并包裹人生一切。

乌托邦不再。

然而，乌托邦就是陈映真令人怀念处。因为再忧郁再哀伤，乌托邦依旧是乌托邦。

林文义笔下的角色，人生困境谜团未能解，悠悠晃晃遥遥，无奈无悲无喜。

这或就是此刻台湾文学的某种位置性，因大时代的梦境溃散，只能整装入现实，有如策马的骑士，林中左穿右切逢花逢兽，然而出林幽径，依旧雾中缥缈不可寻。

这本小说因为书写的诚挚与认真，以及与台湾现代文学经典的同流呼应，让我隐约又看见那曾有的辉煌似乎远处来探照，并烧燃起某种薪火接续的温暖；也让我反身思索环绕此刻现实里的花树果兽，真能滋养我们的体肉灵魂吗？以及，过往前者对那完美乌托邦的期待，与所拥有的内在灵魂哲思泉源，能再度回返涌现吗？

许多思考，伴着小说阅读浮露。这或本不干林文义的小说本意，但我觉得也许就正因这书的适切时代位置性，使我得有这眺望四顾的机缘。

这书的确哀伤感魂回不去。

或者，也唯哀伤才得鉴照真实内里吧！

背叛自己灵魂的时代

一九四三年出版的小说《源泉》（*The Fountainhead*），是艾茵·兰德（Ayn Rand）花了七年时间撰写的小说。这小说虽被十二家出版商拒绝，出版后却大为成功，长销至今，历久不衰，尤其深受年轻族群的欢迎，在影响力的深远上，某个程度已进入思想与哲学的领域，超乎一般小说可以触及的范围。

小说主角洛克是个不妥协而坚强的建筑师（有些人觉得这角色有着美国著名建筑师莱特的影子），志在引领建筑进入新方向，却屡屡横招阻挠，不但在大学毕业前夕被开除，他一心所追随的设计风格，在日后也常被保守的社会所排斥，甚且还一度沦为采石厂工人，可说是屡战屡败。最后，他所答应无偿为政府设计的大楼，却遭到政府部门的任意修改设计，他只好选择以近乎玉石俱焚的手段，把兴建中的大楼炸成瓦砾。

这部小说是叙述一位具有强烈理想色彩的年轻建筑师，如何孤身以一己坚信的信仰，对世俗价值无悔与持恒的对抗，以及，又如何与忽敌忽友的一美丽女子，峰回路转间的爱情故事。

　　小说最引人的地方，应是一个经典"原型人物"的诞生，也就是建筑师洛克借由这小说，如何被创造出现与终究成形的过程。兰德在本书再版前言里，直接说明她写作的动机和目的，就是要将"一个理想人物形象化"，而在这样的前提下，她认为"一本小说中所含任何说教、理性或哲学的价值观，都只不过是手段而已"。

　　那么，兰德心目中的"理想人物"，在被依附为"形象化"的建筑师洛克后，究竟让我们阅读到了什么呢？

　　基本上，我个人觉得洛克的出现，是对于启蒙运动后人神关系的再次辩证。兰德所坚定也一直高调站立的位置点，则是借由洛克一生的坚持、不屈与对抗，来声张一种自基督教神明的缺席后，因"纵向秩序"（指神／人关系）丧失的惶然，而意图以人作替代的新秩序观，其中尤其对于"人"的可能作为，有着近乎崇拜的某种颂扬与召唤（她将这样的崇拜与期待，称为"人的崇拜／man-worship"）。

　　也就是说，兰德相信"人"凭借着理性的"信念"与所怀抱着的"希望"，必然可以承担起在这样无神／迷途世界的领航角色来，这样对理性的绝对信念，就一如她所说的："唯有人本身才是目的。"洛克书末在法庭演讲时，慷慨激昂地说着："从最简单的必需品到最高深的、抽象的宗教活动，从车轮到摩天大楼，我们之所是以及所有的一切，都来自人的单一属性——人理性思考的功能。"正是对此一陈义的再次宣示。

　　而所以能对所谓的"希望"作坚持，其实也源自对"人的崇拜"。于此，兰德这样解说："人的崇拜者就是那些能够看出、并努力实现人类最大潜能的人……（他们）会致力于人类自尊的'升华'，及其在尘世间幸福的'神圣'。"

再版序言里，兰德特别提到手稿里的开章引文（出版前被她删去），是来自兰德常被做对照的尼采的一段话，应该可作为破解此书核心思考的路径之一：

> 在此，对作品的层次和地位具有决定性意义的，不是作品本身，而是那种信念——再次采用一个宗教的惯用语来表达一种更为深刻的意义：这种信念就是某种原始确定性，而每一个高尚的心灵自身都具备这种确定性；某种无法寻觅、无从发现，或许也是不可或缺之物。高尚者必然怀有自尊。

这样"每一个高尚的心灵自身都具备这种确定性"，似乎是暗指少数天生的"高尚者"（例如洛克）才具有的特质，而这样的身份与能力，则是一种天赋的本质（而非后天能力所能完全添加的），因此只能期待不可妄求。

这样的"高尚者"，及其所具有的"确定性"及"自尊"，会让我们遥想起古希腊神话里，某些恍似人神共身的角色来，譬如永无上境在滚动着大石的悲剧人物薛西佛斯（Sisyphus），或是漂流在大海里十年，却依旧不气馁的奥德赛（Odysseus），以及他们所共同具有、奇异的"原始确定性"（就是能坚信自身内在的某种召唤与指引，完全不受外在困难所动摇）。

对于所谓"高尚者"的期盼，其实有着反启蒙的古典态度，也就是说，兰德虽然衔接了启蒙思想里的人本精神，相信人必能胜天，却又依旧接受天赋的阶级性，也就是相信某些人具备天赋的能力，因而入世来解救众生，她只是把古典精神里，作为解救者的"神人"（神话人物），以具有特殊质地的"人神"做替代，基本上还是相信"拣选者"的命定论。

"高尚者"所具有的"原始确定性"，不是人人皆可得，却是小说《源泉》里具有的内隐召唤力量，也正是这样的召唤与承诺的"意识"，让一代代年轻人能从中得到某种鼓舞与激励。

兰德描述这个"意识"与年轻人间的关联："那甚至还算不上是什么观点，它只不过是一种朦胧的、仍在摸索的、还没有界定的意识，这种意识得自他们未经风雨的痛苦，以及难以言表的快乐。那是一种抱着莫大希望的意识，在这种意识里，人生是重要的；伟大的成就是人力所能及的，而伟大的事业就在前方。"

确实，这是一本鼓励"年轻的希望与意识"的书，也可说是鼓励追求希望与梦想的书。

因此，小说《源泉》里以建筑师洛克为价值核心，其他人物则配合各自代表的意义相应而生，是较类同神话里人物与象征意涵的关系，而非现代小说多义与未明的写法。洛克所代表的角色意涵，自然是一种对个体使命的绝对声张，里头透露了个体价值与集体价值间的辩证，以及在利己与利他间的如何抉择。兰德的书写虽然显得隐约，却也坚定地传递着她的信仰与价值观，并时时挑战阅读者的心智与信念。

而关于上帝、人、社会（他者）间的辩证，她还这样写着："现代集体主义有各式各样的变形（法西斯主义、纳粹主义等），它们将宗教上的利他主义伦理悉数保留了下来，仅仅用'社会'一词取代了'上帝'，作为人类自我牺牲的受益者。"

这是极为大胆（甚至危险）的说法。而这样对神学与社会性同作挞伐的言论，恰恰响应了兰德对人类社会制度的根本观点："既然人是在他人中间活动并与之打交道的，那么，我就必须呈现那种可能使理想人物存在和发挥作用的社会体系——一种自由的、生产性的、合理的体系，它要求并回馈每个人身上最出色的东西。这个体系，很显然，便是自由竞争的资本主义。"

在现在这样的时空位置点，来阅读《源泉》这样的观点，确实会引人思虑，毕竟资本主义何去何从犹然待破解，兰德这样乐观的期待与结论，不免还是令人有些错愕。但是这观点，也一直环绕着兰德的人、思想与书，持续地影响着世界（尤其是美国）。

兰德当年面对的时空，必然与此时大不相同，但她坚定地抛出自己的信念与价值，将之付托给她创造的人物，并以文学论及哲学的领域，积极回答大时代的命题，不管观者对其答案同意与否，以她的这些努力与成果观之，都是依旧值得敬佩的。

就听兰德再说一次小说《源泉》的究竟："每一个世代中，只有少数人能够完全理解和完全实现人类的固有才能，而其余的人都背叛了它，但这并不重要。正是这些极少数的人，将人类推向前进，并使生命具有了意义——我所一直追求的，正是向这些为数不多的人致意。其余的人与我无关；他们所要背叛的不是我，也不是《源泉》——他们要背叛的是自己的灵魂。"

确实是很沉重的指控。

也许，《源泉》真正意在所指的，是在这个宗教的价值与秩序皆远扬，因而人们终于背叛着自己的灵魂，甚至让"少数人"成了悲剧的祭品。而艾茵·兰德所急切想要建立的，应是一种以哲学为本、小说为表，意图作为答案或替代品的新时代"人神学"吧！

鬼气森然的宁静

　　阅读刘大任，让我思考起文学与故乡这两件事。

　　文学有故乡吗？

　　人类的灵魂有终点去处吗？

　　刘大任毫无疑问地，是个可以这样去作阅读的作家。

　　作为一个文学灵魂，他让我见到了什么呢？应该是诚实性，与一种近乎宿命的漂泊感。或也正就是这样的诚实性，促成了他不可免的漂泊，也使他无法不去面对真正的故乡这件事。这漂泊，我觉得伤感，但伤感如落叶，只在瞬间有意义，我们终归还是要将目光，从这样的感性中移出来，好更严肃检验其中蕴藏的意义。

　　刘大任是一个小说家。作为一个小说家，他牢牢地与他的时代联结在一起，也就是说我们想到刘大任和他的小说，自然就要想起来他常居的美国，与包裹着他的保钓运动，以及遥远又逼人、那个信息封闭的白色恐怖时代。但是同样作为写作者，有人是这样的，有人却不是这样，像是杜甫的诗，很难不让我们望见他悲喜与共的那时代，而李白的诗与时代关系，就时空恍惚，难以捕捉；或拿托尔斯泰与陀思妥耶夫斯基对比，也有些类同，一个与旧俄的时代恩怨共起伏、难舍难分，一个却时时仰脸、喃喃与上帝说起话来，不知有汉，无论魏晋。

那么，究竟要怎样去看这件事呢？

先看看同期在台湾，一样以一枝健笔与时代公义不懈地作对抗的陈映真吧！刘大任与陈映真间远近交离的故事，不仅恐怕短期内罄竹难书，也必是用来说明那个时代两个有良心的知识分子，在面对时空隙落转换时，如何应对自处的极佳例子吧！钟肇政在文章《知识分子的文学》中，引用日本学者冈崎郁子在她翻译刘大任长篇小说《浮游群落》一书，写《解说：刘大任和他的时代》一段访言里，提到二人的差异性。她说刘大任说：

> 我不以为自己是专业作家，也不以为是公务员、政治家或者社会运动家。姑不论是好是坏，我一直自认是个知识分子。既是知识分子，那就必须坚持两件事：其一是不管什么场合，都应该站在民间这一边；另一是绝不使自己成为一名政客。我以为这样才能当一个批评家，并且从事著述时，也才能经常保持客观的心情。但是，我想陈映真大概是不一样的吧。他好像是把自己当做是政治人物、社会革命家。故此，如果他要去大陆，那么他会考虑在那边可以会见阶层有多高的、多重要的人士，并为有利于自己未来在台湾的政治地位而苦思焦虑，这一点大概错不了。至于知识分子如何，农民、劳动者又怎样等，

他恐怕不会想知道的吧。我想，这就是我和他不同之处。

这引述刘大任的话，相当沉重也尖锐，不知有否经过当事者过目？但无论如何，还是可以见出二人后期一些战略位置点的差异。廖玉蕙在二〇〇一年对刘大任的访谈文《往小里看，往淡里看》里，刘大任对自己的心情态变转换，有着辽阔背景的说明：

> 我生长的那个所谓惨绿少年时期，正是台湾最苦闷的一个阶段。经济还没起飞，整个台湾的处境是风雨飘摇，不知道会发生什么事情。我们上一代的父母辈，他们也不知道前途在什么地方。台湾的内部表面看起来平静，内部隐藏很多矛盾。所以，当时台湾的现实，对成长的年轻人来讲，就是一句话——没有出路。既没有出路，又对现实非常不满意。在那种情况下，人很容易往大处看，加上读了一些书，受到一些文学上、哲学上，甚至政治思想上的影响，就会不知天高地厚，觉得这个世界太不可爱了，可得好好地把它改一改。到了中年以后，经历过很多事情，书也稍微读得比较进去一点，这时，就会发觉真正实际人的存在，就是要从小的地方去着眼、去观察、去体会人跟人之间的关系，自己跟自己的斗争，还有人跟社会的关系，甚至人跟更大的群体、国家、人类所有这些所谓的大问题。从一些细微末节的地方，常常可以帮助你在了解上、体会上有一些突破。尤其我一向对文学问题比较有兴趣，久而久之，接触

这方面的东西比较多，发现真正从事文学工作的人，如果抓不住细微末节那种微妙的变化和区别，那他写的东西就是泛泛的东西，泛泛的东西必然没有力量。所以，从这个角度看的话，年纪大了以后反而会看小的地方。

无疑地，刘大任是有自觉地在作某种自我调整，尤其是对宏大与微小、浓烈与淡薄间，价值观的取舍与定位，有着态度上的转变。廖玉蕙立刻追问说：那这是不是也代表一种向世界的妥协呢？刘大任回答说：

> 也可以说是妥协吧！不过，如果它是一个空泛的东西，那么你把全部生命都投入到里面去，就是走的一条虚妄的路。如果你连最简单的、最现实的都不能把握的话，你还去幻想天翻地覆来搞大改造的行动，基本上就是一种盲动。

说的是人生态度，但其实也是文学态度吧！

刘大任虽然近期转往知识分子对人生漫谈的角色方向去，于我而言，他依旧是个小说家。底层里，还是嗅闻得到他对小说的膜拜感情（与某种对其意义性的质疑），这质疑可能还是源自他较早期时，提到的"幻想天翻地覆来搞大改造"的行动力量，与思索书写对当时时代的直接意义这回事上吧！而这或也就是先前所提到杜甫与李白、托尔斯泰与陀思妥耶夫斯基间的某种差异。

是的，小说在"宏大与微心、浓烈与淡薄"间，究竟该怎么自我定位呢？文学究竟是一只随时代起伏漂泊的船舟，必须责无旁贷与当下风暴对抗呢，还是被星宿定舵的归家半途者，自觉或不自觉地仍在寻找着那不知何在的心灵故乡呢？这大概不是容易回答的问题，而且本来历史中的无数好文学，有的就是以前者为标的，有的却以后者为归处，难作论证。也就好像要拿鲁迅与张爱玲来作臧否，姑心嫂意难两全吧！

能两全自然最完美，但人间事若可常两全，哲学、文学，甚至宗教的意义，可能都要重新定位了。就还是先回到刘大任当初这样某种微妙的转折心情吧！一九七六年春，刘大任因故在东非居住了两年，他把这次经历视作自我重要的转戾点，在短篇小说集《杜鹃啼血》，他以写于一九八四年的文章《赤道归来》作代序。他说：

> 赤道归来后，这几年里，我开始有意识地调整自己的生活基本形态。从一个政治的血性参与者，变成一个冷眼旁观者；从一个文学上的逃兵，先逐步恢复文学散兵游勇的地位，再继续向前……

这书写似乎透露出他相信文学才是救赎所在，以及对政治参与意义质疑的新位置点。然而即令如此，其后他所写的小说，包括重要的《浮游群落》，仍不断被作政治解读，在那同篇代序中，提到他从赤道归来后写作的心态，与对作品如何被政治解读的困厄。

他说：

> 在我酝酿这些东西或驻笔沉思的时候，眼前出现的，往往
> 便是这奇异而谦卑的小小兰科植物，以及它那无茎无叶只余根
> 的长存与花的偶现荒谬生命。此外，行走于跨越两座险峰的钢
> 索之上，这重新起步的文学生涯，总难免不被人读成某种不相
> 干的政治讯号。

对此，刘大任甚至考虑以笔名写作，以免继续被人"戴帽子"。
然而终究，他还是决定："我也要赌一赌气，看看纠缠在这里（小说
里）的人、事、情、景，究竟有没有超脱他们所在的具体时空的
造化？"

还是论及与"所在具体时空"的辩证问题。小说以时代的现实
环境作背景，大概无人可议，差别处恐怕还是在于，意图写的是时
代的大背景或小背景，也就是说在"宏大与微小、浓烈与淡薄"
间，究竟定位何处的问题了。在廖玉蕙的访谈里，刘大任说："开始
写《浮游群落》的时候，心中是有一个对象，我想把我们那一代的
故事，写给当代的大学知识青年，或者是文艺青年看，就好像跟他
们讲话一样，跟他们吐露心声。有这样的意图在里面……"

这意图究竟是大或是小，难以判定。

对这个问题，近代华人作家里，极有意识的当是王安忆了。对
这种相对要彰显平常性，并且不愿刻意喧哗惊世的小说手法，王安

忆的确有着相当清楚的自觉。她曾说写作有四不原则：一不要特殊
环境特殊人物；二不要材料太多；三不要语言的风格化；四不要独
特性。真是非常有趣、甘于平凡的说法，尤其说的是"不要特殊环
境特殊人物"，若没有宏大时代作背景，没有特殊英雄作人物的小
说，应该就是"微小与淡薄"的吧！而相对于平凡的，就是不平
凡，如果"微小与淡薄"是平凡，那"宏大与浓烈"就是不平凡
了吧！

在一个时代波涛汹涌的大环境里，创作者要坚持漠然与对，大
概也是艰难又少见的吧！但是创作者如果过度依赖以时代的波涛，
作为自己创作的能量源处，那恐怕也令人担忧。对此，刘大任自己
必有深刻的思索。钟肇政在那篇《知识分子的文学》中，还提及
说："刘大任自己即曾有过述怀：'中日战争时期，日本的作家谷崎
润一郎，何以能够那样地静下心来写《细雪》呢？'他还坦率地表
明，这个谜他恐怕是无法解开的。"

活在大时代里，却不以大时代作背景舞台的谷崎润一郎，何以
如此，真的是个谜吗？或也不是，日本的现代文学，一直有一支这
样让文学能在大时代出入的传统，就拿直接与"微小"有些关联的
"私小说"为例吧！维基百科这样写的："私小说，是二十世纪日本
文学的一种特有体裁，有别于纯正的本格小说，私小说的特点为采
取自我暴露的叙述法，自暴支配者的早贱的心理景象，是一种写实
主义的风格，成为日本近代文学的风格。"

这样以微观与私己作出发的文学态度，在日本的近代文学脉络

中，其实一直承传不懈。这与同时代华人文学以鲁迅为首背负宏大使命的写实承传，是很不一样的。王德威在《被压抑的现代性》一书中，对鲁迅以写实为手段，想借文学与正义的对话，来达成某种社会公义目的，有所质疑：

> 鲁迅的作品究竟是在高声"呐喊"还是在无地"彷徨"的两难，便堪称范例，他列示了中国现代作家寻求合适的社会角色时的尴尬。正如安敏成指出的，现代作家对文学的不懈寻求，将以体察"写实主义的局限"——或者说洞识到作家与斗士两种身份不可兼得的窘状——而告终。

一样的写实主义，却因"大书写"与"小书写"，以及写作者自我角色认定的差异，而大异其趣。这样书写者角色与时代间的关系定位，恐怕也是使刘大任和陈映真，两人渐行渐远的原因之一吧！两人的小说，其实都同样有着强烈想与大时代扣连的意图，而成与败，往往就在于能否忍得住，能否坚持就以"微小与淡薄"，来述说"宏大与浓烈"故事时的手法与态度，以及是否能摆脱"以牺牲个人的梦与幻想为代价的，对历史与真理的强求"的某种自困吧！

刘大任的《浮游群落》，虽仍不断被当作政治的历史解读，但在《杜鹃啼血》的代序里，刘大任还是坚定地说着："无论（我的）小说人物出现在任何特定的时空环境，将来，总有一天，都将还原为他们的本质——人。"他并继续坚持这样信念地写着："对于借小说的形体传布某种'福音'的做法，我始终抱着很大的怀疑，创作之所以吸引我，与其说是传道解惑，不如说更在于那种起自凡庸平常，而又有所超越飞升的非世间的奇谲之美！"

在刘大任新近发表的中篇小说《细雨霏霏》里，尤其是前半段的书写里，我读到对母亲显得极为细腻动人的描述，一种私己、喃喃的时光回顾，却不断闪出炫目光辉，也让我见到他所说人物得以超脱"所在具体时空"的真实可能。这样的光芒，在其他短篇里，也时或闪现，譬如《杜鹃啼血》里的《猬》，写着一对由美国西岸搭乘灰狗巴士，要搬往纽约的华人夫妻，在车行中的一些思维与对话，悠悠忽忽，无去无从，道出异乡者流离的心境，与生命本质的哀伤。

再回到文初的命题去吧！

文学有故乡吗？

人类的灵魂有终点去处吗？

所以要这样命题，正因为刘大任让我阅读到这样光芒的确实闪现。他的诚实与坚持，使他的文学具有底层的感动力，以及，能使文学本有故乡的微弱信仰，因此或得建立；而他小说里透露的强烈漂泊感，或是他诚实面对自我与时代时，交错难明的流放与追逐方向，这或也同是人类灵魂想寻去的终点去处吧！

刘大任与陈映真在文学与人生态度上的挣扎与思索，是华人这段文学历史的最佳见证与记录，值得我们深思，并为同作为小说家的两人致敬。在那序文里，刘大任最后写着："这样鬼气森然的宁静是好的，正是我追寻已久的'再出发'所需要的完美心境！"

诚实的心灵也许寂寞，但这样的心灵，必然永远得以"出发、再出发"！

畸零地与带罪的人

　　初阅胡淑雯的《哀艳是童年》，扑鼻来的是一种勇敢自我坦露的决绝，以及似乎同时期待要与什么作出对决的浓烈气息。

　　小说主要以第一人称女性的位置，细细贴己地描述着成长过程的伤痛与裂痕，虽然看似一己的私经验，但同时隐隐可读出对整个时代，在性别议题、族群关系，以及社会阶级等问题的勇敢碰触。

　　整本小说最成功与失败处，也就都同时落在这私己经验与时代扣问二者间，不断摆荡的位置平衡性上：成功时，二者韵律和谐自然；失败时，则有时显得刻意与突兀。

　　然而最私己的感情，即令喃喃自述也可以动人，如首两篇的《堕胎者》《与男友的前女友密谈》。作者借文学摊露自己底层血肉上，曾被感情所烙下奴隶般的印记，面对烫炙毫不闪躲。几个生命中来去的男人，与遗下让女子独自思索与面对胎儿的故事，算不上奇异特别，因为作者的态度直率坦荡，敢于直接剖露主角的矛盾与彷徨，让我们与角色同情同感之余，也不免要思考着，几十年女性运动之后，现代女性在面对依旧作为对话者的男性时，所面临的困境与恍惶，究竟是什么？以及与当年又有了怎样的改变呢？

小说中的女性，虽然多半微弱近乎半隐身，与生命（尤其男性）互动时屡屡受挫失望，但基本上仍愿意以善意继续作对话，并坚持自我某种近乎卑微的权力与自决性（例如堕胎、自弃、带着报复意味作反伤害的自主行为等）；男性角色相对显得软弱，不但无法承担任何责任，也毫无能力（或意愿）去主控权力的中心性，只能双双侏儒与畸零人般，无解地坐绕着旋转木马不停歇。

男性并不可恨，只显得可怜。

女性则对这样忽然决定的自我贬抑兼放逐，因而畸零了的男性，不知所措。

自甘的畸零，似乎是全书在应对某种不可见中心性时，自我确立的位置点；有些像是热内只能以不断的犯罪，以及永不悔改的态度，来对抗那个依旧等待他去忏悔的神。然而，畸零者在面对中心性时，某种不可互缺的爱恋因果辩证性，或正就是使热内的自我放逐与边缘化，得以显出圣性的机会所在呢！

这样的辩证性，在《浮血猫》里，有着双面刃般有趣的铺陈。女主角殊殊在童年家中杂货店帮忙，与日日下午来买一罐养乐多的博爱院退伍老兵，暗中建立起某种肉欲厮磨的利益交换关系，一日意外嬉戏中女孩入到老人房，并互动间地帮了老人手淫，女孩事后举发老人行为，使老人受到惩罚并迁居。多年后，女孩无意间见到更显衰颓老人，决定尾随并假扮社工人士，入到老人房为他洗浴，并在他的哀求下，为他再次手淫，并自此消失不再现。

这篇小说巧妙述说着权力可反转的辩证性。自觉社会地位受屈辱的小女孩，在面对能付钱并捎来礼物的成年男人时，以受压迫者的地位，不管是自觉或不自觉的，作出沉重近乎复仇的反击；而这反击却也带给她多年负罪的感受，因而在再次见到已失去权力的男子时，她用自我救赎的方式，为老人作了手淫的服务，只是这次是以权力者施予的方式，而非受压者只能接受的位置。

　　她张开双手，洗涤这副久违的身躯，勤快如社工，如看护，如仆役，而且没戴手套，赤手抹除了他们之间的界线——施与受，施洗与受洗的界线。

权力角色转换的关系，微妙也有趣。若再继续去思索双方所代表族群、性别与阶级的关系时，可引申的思索与诠释空间，其实可以是相当辽阔的，然而小说并未接续追索这方向；此处我也暂抛这个轴线，反而想另外深究在胡淑雯小说里，提到关于罪的意涵，究竟为何？

小说里的女性，都像是背负着某种原罪。不管是因为社会阶级、族群背景、性别，甚至某个程度暗示着根本源自更远古伊甸园般，那样不可复回并受到诅咒的原罪。殊殊说自己是"坏掉的血、死去的爱、衰败的道德"，然而她对爱却有着持恒强烈的期盼与质疑，在被弃与自弃间总是踌躇犹疑，因此大半只能选择放逐自我到无边的彼岸，或不断在过往与现今的某种罪里，载沉载浮，似乎寻不到破解之道。

权力者当年施下羞辱的咒语，如今依旧迷障难揭，余生似乎就只能是以受苦来还愿，幸福渺不可及；过往的重重记忆，一如不断被堕掉的婴胎，躯干销毁，魂魄不散。

或者，爱情依旧是唯一救赎之路；而自弃则是重生的路径，并是得以用来除罪的圣方妙药。

作者其实本来也无意昭告幸福乐园何在。她面对生命暗痕，以及这许多被时代与命运轻蔑凌压过的个人心灵，发出她复仇者般愤恨的反抗诉说，也同时快速描绘出台湾战后的某种社会剪影来。

读毕这书，对两度被堕胎消逝的婴胎，不免有着其是否暗具象征意义的好奇，因而也想着：究竟作者认为代表着未来生命的婴胎，是一个全然自主的新生命，或是两人过往关系的延续体，还是兼而有之呢？